Madeleine
Et
L'indigène

FSC
www.fsc.org
MIXTE
Papier issu
de sources
responsables
Paper from
responsible sources
FSC® C105338

Edition : Books on Demand,

12/14 rond-Point des Champs-Elysées, 75008 Paris

Impression : BoD - Books on Demand, Norderstedt,

Allemagne

Dépôt légal Mars 2020, France

ISBN : **9782322206735**

Doutez que les étoiles ne soient de flamme, doutez que le soleil n'accomplisse son tour, doutez que la vérité soit menteuse infâme, mais ne doutez jamais de mon amour.

— William Shakespeare

Préambule :

De l'adolescence à leur âge adulte, Madeleine et Caramel, communément appelé l'indigène, entretiennent un amour indéfectible dans un monde où tous les gens se honnissent.

Leur amour subsistera-t-il à une multitude d'obstacles qui s'opposent à leur union ?

Leur amour intense triomphera-t-il malgré les innombrables embûches, le poids des traditions, la différence socioculturelle et les accidents de la vie qui se dressent sur leur chemin ?

Arriveront-ils à préserver leurs promesses juvéniles

Lui :

- **Tu, es dans mon cœur, je l'ai scellé, aucune autre femme n'y pénétrera.**

Elle :

- **Mon cœur est à toi seul, à aucun homme d'autre que toi.**

Un amour semblable à celui de Roméo et Juliette, sans la fin tragique des amants, heureusement.

Chapitre I

Enfin, les vacances scolaires de l'été viennent de commencer.

Madeleine se prépare à passer des vacances chez sa grand-mère, je ne la reverrais que dans deux mois.

Nos amourettes interrompues, nous nous sommes promis de nous écrire aussi souvent que possible.

Madeleine m'avait noté l'adresse de chez sa grand-mère, j'avais fait de même pour la mienne.

Madeleine m'écrivait une semaine plus tard, elle s'était rendue à Paris avec sa tante pour un séjour d'une semaine, elle fut impressionnée par cette ville.

Elle me décrivait l'immensité de la ville, ses visites aux châteaux et aux musées et les distractions nocturnes dans un Paris illuminé.

Sa seconde lettre contenait trois pages écrites à la manière des punitions que nous assignaient les instituteurs à l'école. La première contenait cent lignes de (je t'aime), la seconde cent (mon amour),la dernière cent (tu me manques).

Quant à moi, mes parents avaient pris l'habitude de m'éloigner du village où nous habitions, car, disaient-ils, j'étais un peu turbulent, à vrai dire, je ne me plaignais pas d'une telle décision.

Chez ma grand-mère, la ferme m'offrait l'immensité de l'espace, contrairement à l'étroitesse des rues de mon village, et je m'en donnais ainsi à cœur joie pour faire des bêtises, sans avoir les parents sur le dos.

J'écrivais des lettres à Madeleine, pour lui décrire comment se passait mes vacances, surtout mes sottises, je lui rapportais que :

Les enfants indigènes de la ferme attendaient la venue de cet extraterrestre que je suis, tant ils étaient impressionnés par mes extravagances d'enfant de la ville au fil des étés.

Comment veux-tu qu'ils ne l'aient pas été quand, dès mon arrivée parmi eux, je leur avais demandé où se trouvaient les toilettes alors que nous étions en plein champ, transformé de manière improvisée, en un terrain de jeu.

Déjà, fallait-il leur expliquer ce qu'étaient des toilettes en ville, qu'ils ne connaissaient guère.

Subtilement, un des enfants s'éloigna du groupe à une dizaine de mètres, releva légèrement sa gandoura des deux côtés et s'accroupit pour me montrer comment on s'y prenait pour faire ses besoins à la campagne.

Je lui disais que j'avais transformé l'abreuvoir des animaux en une piscine et avais vidé, en barbotant, son contenant d'eau, dont ces mêmes enfants devaient remplir les bassins, en allant puiser cette eau à environ un kilomètre de là, à pied, dans des bidons plus lourds qu'eux.

Ce jour-là, ils l'avaient mauvaise et je n'avais échappé à leur punition collective que parce que j'étais le petit-fils de la grand-mère, propriétaire de la ferme.

Ou encore, la raclée que m'avait donnée la grand-mère le jour où j'avais arraché et éventré pas moins de cinquante pastèques dans le champ des melons, parce qu'aucune n'était assez sucrée à mon goût.

C'est ce genre d'anecdotes que je racontais dans mes lettres à Madeleine, avec à la fin de chaque lettre, le verbe aimer au passé, présent et futur.

Nos lettres commençaient toujours par Salut et non pas mon amour comme les grands.

Pourtant, à notre âge déjà, notre amour était aussi fort, sincère et peut-être même plus fidèle que celui des adultes, quelquefois hypocrite.

Les camarades qui habitent la ferme que l'on appelle, les d'indigènes comme moi, étaient évidemment bien différents, des camarades européens que je côtoyai, à longueur d'année au village, soit à l'école ou dans le quartier comme Gabriel et Madeleine, les enfants du vétérinaire, François et son frère Fernand (que nous appelions le cancre) car il avait trois ans de plus que notre moyenne d'âge, fils de Gaston, l'adjoint au maire, Jean et Antoine, les fils du garde champêtre, ou encore Saïd, le gaillard qui à 13 ans, en imposait par sa stature d'adulte.

Autant les premiers me scrutaient subrepticement et avec envie, comme si j'étais un nanti, pour les seconds, j'étais en quelque sorte le petit indigène rigolo et sympathique, différent des autres enfants de ceux que l'on appelait communément comme moi, les indigènes.

Il faut dire que pour gagner leur amitié et surtout la tolérance de leurs parents afin de pouvoir fréquenter leur progéniture, il fallait faire montre de qualités méritoires.

D'une famille à la notoriété morale sans équivoque, cette position était certes intéressante, mais insuffisante pour être admis parmi la classe des civilisés.

J'avais réussi avec insistance à persuader mes parents de troquer mon mode vestimentaire d'indigène, chéchia et gandoura, contre culottes courtes et chemisette et je m'étais promis, pour faire bonne figure et braver les clichés d'infériorité, d'être sur le podium des bons résultats scolaires.

Madeleine occupait une place importante dans mon cœur de bambin.

Aussi régulièrement que possible, je faisais tout ce qui pourrait attirer son attention vers moi ou la faire rire, je jouai souvent le pitre à l'école.

Singer ou tirer la langue derrière le dos du maître, sur l'estrade face à la classe, ce qui déclenchait à chaque fois un rire collectif.

Je me réjouissais que cela fasse rire Madeleine.

Une autre façon pour laquelle j'ai failli recevoir des gifles de sa part cette fois-ci ; je faisais tomber un crayon, me baissais pour le ramasser, tout en matant les dessous des jeunes écolières, et tout cela toujours en présence d'un public de bambins évidemment.

Ces pitreries à l'idée d'épater Madeleine, étaient souvent sanctionnées par une punition dans la cour de l'école.

Mais il y avait également une autre raison :

À la fin des cours, les enfants punis étaient retenus dans la cour de l'école.

Arrivait alors le gardien qui nous remettait un sandwich et repartait aussitôt.

Dans une salle contiguë, il y avait une table de ping-pong, des raquettes ainsi que des balles.

Une fois le gardien de l'école rentré dans sa loge, on se précipitait à l'intérieur de la salle de ping-pong pour jouer de longues parties pendant le temps que durait la punition, soit un peu moins de deux heures !

J'essayais de tenter Madeleine pour qu'elle soit également punie comme moi, pour nous retrouver tous les deux dans la cour en vain.

Dans cette même cour de l'école, au moment de la récréation du matin comme de celle de l'après-midi, on voyait toujours le même décor, une flopée de tabliers de couleur bleue pour les garçons et rose pour les filles.

Malgré la mixité, chacun tenait à son genre, les filles d'un côté, les garçons de l'autre.

Seule exception, Madeleine était intégrée dans notre groupe de chenapans, car son frère Gabriel en faisait partie.

Madeleine est assez mignonne, de longs cheveux noirs, des yeux clairs, un peu ronde, mais le critère de minceur n'était pas à la mode à cette époque, et à peine âgée de onze ans et quelques mois, comme moi.

J'étais précocement amoureux de cette fille et, malgré ma discrétion, cela n'échappait pas au regard méfiant de son frère Gabriel.

L'école était un des lieux où il était possible d'approcher le plus Madeleine, car si nous, garçons du groupe, pouvions nous retrouver dans le quartier pour jouer ensemble, les filles en étaient exclues, et celle qui osait le faire était traitée systématiquement de garçon manqué.

À propos de cette école, il y avait au moins six classes de différents niveaux.

J'étais le seul indigène à porter des habits et un cartable à l'Européenne, les autres petits écoliers indigènes, de condition modeste, portaient des vêtements fripés ou rapiécés, des calottes rouges comme couvre-chef et, en guise de cartable, un simple balluchon en tissu cousu par la mère.

Et si les tabliers obligatoires bleus ou roses leur servaient de cache-misère en classe ou dans la cour de récréation, c'est aux portes de l'école, à la sortie ou à l'entrée, que paraissaient ces injustes différences.

Ces enfants faisaient l'objet de toutes les brimades et moqueries de leurs congénères européens tant sur leurs habits qu'ils portaient que sur leur cartable.

Madeleine et moi prenions souvent leur défense par équité.

Un jour, un élève de la classe avait traité Madeleine de fille d'indigène.

Madeleine m'avait rapporté l'évènement en me désignant l'élève coupable.

À la sortie de l'école, je me suis précipité sur lui en lui assignant quelques coups.

J'étais fier de mon acte, Madeleine aussi.

Mais le lendemain, à la porte de l'école, le père de l'élève m'attendait, sans dire un mot, il me gifla à deux reprises.

C'est encore Madeleine qui accourra vers moi, me caressa les deux joues comme pour me consoler.

À propos de ces enfants, Il n'y avait pas que la différence vestimentaire, mais aussi les lieux de vie et les espaces de jeu.

Les enfants européens habitaient en général dans les beaux quartiers dans des villas, maisons ou bâtiments jouissant de tout le confort.

Les indigènes, eux, logeaient dans des baraquements ou gourbis en périphérie du village.

Les mieux lotis d'entre eux habitaient au village, dans des maisons basses dites arabes, des chambres construites en rez-de-chaussée autour d'une cour commune où se trouvaient un cabinet de toilette et un robinet d'eau courante à usage collectif.

C'est d'ailleurs dans ce genre d'habitation que j'étais né et vis encore avec mes parents.

J'étais un des rares enfants indigènes à fréquenter les camarades européens de l'école, probablement par mon zèle à vouloir leur ressembler.

J'allais souvent dans leur quartier pour y jouer et explorer des jouets que mes parents ne pouvaient m'offrir, tels un vélo ou une paire de patins à roulettes ou autre.

Bien évidemment, j'avais une nette préférence pour Gabriel et surtout sa sœur Madeleine, les enfants du vétérinaire.

Il y avait plusieurs raisons à cela.

D'abord, j'étais précocement amoureux de Madeleine et son frère Gabriel n'hésitait pas à me décourager dès qu'il apercevait un quelconque geste affectueux à l'égard de sa sœur.

Ensuite, le père de Madeleine m'avait adopté presque comme son troisième enfant, de même qu’il l'avait fait, une décennie plus tôt, avec mon grand-père, son compagnon de lutte pendant la Seconde Guerre mondiale contre les Allemands.

C’était également lui qui avait favorisé mon inscription à l’école, sans quoi je serais resté analphabète comme les autres enfants indigènes.

La mère de Madeleine était également gentille avec moi, elle insistait toujours pour que je prenne le goûter avec ses enfants. Je dirais même que sa générosité suscitait une pointe de jalousie chez Gabriel, car elle me donnait toujours la plus grosse part de gâteau.

Un jour, Madeleine me susurra en cachette que sa maman avait dit à Gabriel que je n'avais pas la chance, comme lui, de manger souvent des gâteaux.

Les parents de Madeleine étaient la seule famille européenne à qui ma mère rendait visite.

Et pour cause, un jour, ma mère tomba malade et devait être conduite à l'hôpital de la grande ville proche en urgence. Son état ne lui permettait pas d'être transportée en bus.

Alors que je me dirigeais vers la station de taxis, au carrefour de la rue, je me trouvai nez à nez avec Madeleine et sa mère, panier de courses à la main.

Madeleine, voyant mon air désappointé, me questionna :

— Ça va, Caramel ?

C'est le surnom que Madeleine m'avait donné.

Je lui parlai de l'état de ma mère.

Je n'avais même pas fini ma phrase que sa mère me somma :

— Allez, viens vite avec nous !

En arrivant devant la porte de leur villa, elle donna le panier à Madeleine, lui demanda de ranger les courses, m'invita à monter dans la voiture garée juste à côté et démarra aussitôt.

Les voisins furent atterrés de voir cette Européenne venir secourir ma mère et ressortir, en la soutenant seule à bras-le-corps jusqu'à la voiture.

Depuis ce jour mémorable, maman ne rata pas une occasion d'aller voir la mère de Madeleine et Gabriel soit pour l'aider à faire le ménage (sauf à nettoyer la croix de Jésus) ou les courses au marché.

Et gare à la mère, si elle tentait de lui donner de l'argent, maman le refusait systématiquement.

Maman réussit même à emmener la mère de Madeleine dans un hammam fréquenté uniquement par des femmes indigènes ; elle était la seule femme européenne parmi les fatmas !

Cette prouesse devint une légende dans le village, et il y avait de quoi.

Une de nos meilleures distractions, à Madeleine, Gabriel et moi, c'était quand les deux mères se parlaient.

L'une baragouinait un peu le français, l'autre un peu d'arabe.

À les entendre dialoguer, nous ne pouvions retenir nos éclats de rire en chœur.

Voilà donc pourquoi, j'avais un libre accès à cette immense villa des parents de Madeleine qui n'avait rien de comparable avec les deux chambres de la maison arabe où j'habitais.

De magnifiques meubles et ornements d'intérieur à l'avenant, que je regardais avec envie dès que nous pénétrions à l'intérieur de la villa.

Curieusement, je faisais le parallèle avec une histoire contenue dans mon livre scolaire, objet d'un précédent devoir, où il était écrit à peu près ceci :

Mon père est assis à table. Il lit son journal, grand-mère sur son fauteuil au coin de la cheminée tricote, maman prépare le dîner dans la cuisine.

Pensez-vous que je puisse disserter à l'école, sur un tel sujet quand, chez moi, mon père est analphabète, il n'y avait pas une table à manger, pas de fauteuil ni de cheminée, encore moins une cuisine !

À propos des devoirs, il m'arrivait parfois de les faire en compagnie de Gabriel et Madeleine.

Ma matière de prédilection était surtout l'algèbre, j'étais nul en géographie et pire en histoire.

Évidemment, j'apprenais à l'école que mes ancêtres étaient les Gaulois, les réputés druides, et que les habitations gauloises étaient plus développées que les grottes de leurs contemporains.

Et bien que je comparasse le druide guérisseur au charlatan marabout musulman du coin ou encore les gourbis indigènes aux huttes gauloises, cela n'expliquait pas ma prétendue filiation.

Côtés parents, quand je leur posais la question à propos des Gaulois, la réponse était des plus déroutantes. Mon père ressassait à chaque fois :

— Je n'ai jamais entendu parler de Gaulois, c'est une tribu de quelle région ça ?

Gaulois, Français ou indigène, une complexité d'identification qui expliquait probablement ma nullité en histoire !

C'est bientôt la rentrée scolaire et chaque famille se consacrait à la préparation de la rentrée de ses enfants.

Parmi notre groupe de camarades, certains entreraient en sixième au collège avec une certaine appréhension, d'autres, déjà expérimentés, passeront en cinquième cette année.

Le collège local était snobé par les villageois et on lui préférait les collèges publics ou privés de la grande ville sise à une quinzaine de kilomètres de là.

Des cars, assuraient la liaison entre la grande ville et le village toutes les demi-heures ainsi qu'un train, mais à des heures plus espacées.

Mais, il est fort à parier que Madeleine et son frère Gabriel feraient leurs études sous le régime de l'internat pour éviter les risques d'attentats qui visaient les moyens de transport.

Quant à moi, le choix était déjà fait, mes parents avaient opté pour le collège local, leur portefeuille ne leur permettant pas de combler mes espérances, d'aller dans un des collèges réputés de la grande ville.

Un souci constant ne cessait de me harceler depuis mon retour de vacances de chez grand-mère.

La reprise de contact avec mes camarades européens semblait se restreindre de jour en jour.

Les échauffourées entre autochtones et Européens, au début de cette sale guerre d'Algérie, avaient visiblement terni mon privilège de fréquenter mes camarades européens.

Les restrictions relationnelles imposées par leurs parents ainsi que les allusions présumant la communauté indigène coupable et suspecte ne faisaient que creuser un fossé entre nous.

Ainsi, des années durant, la guerre baptisée les évènements d'Algérie continuait à faire des ravages parmi la population des deux communautés et particulièrement celle des autochtones.

Entre-temps, nous, les enfants, prenions progressivement conscience de ces prétendus évènements qui venaient perturber notre amitié sans pour autant l'altérer fondamentalement.

Les bribes de discussions de nos parents entendues subrepticement à propos des évènements quotidiens nous interpellaient certes, mais pas au point de nous désunir.

Côtés adultes, les habitants du village, l'esprit d'amitié et les fêtes aux odeurs d'anisette d'antan avaient laissé place au scepticisme et aux affrontements d'opinions à propos de cette guerre, laquelle, au coin de chaque rue, nous narguait par la présence disproportionnée de militaires, de barrages et de fils barbelés en plein cœur du village pour, nous disait-on, pacifier et maintenir l'ordre en Algérie.

Cependant, personne n'était dupe, les autochtones voulaient obtenir leur indépendance, prendre leur destinée en main alors que la majorité des pieds noirs, communément appelés ainsi, voulaient maintenir à tout prix une Algérie française, comme elle l'avait été pendant plus de cent trente ans, ne cédant aucun de leurs privilèges aux indigènes.

Il y avait certes des hommes dotés de sagesse qui tentaient de concilier les deux communautés, mais leur voix était inaudible.

Exemple, le père de Madeleine, jouissant d'un esprit conciliant à toute épreuve, sa sagesse étant illustrée par sa propre métaphore que l'on aurait aimé la voir partager, il disait :

Dans le monument aux morts du village, quarante-trois noms de soldats figurent sur la stèle pour la libération de la France pendant la Seconde Guerre mondiale. Vingt-sept d'entre eux sont des indigènes et seulement seize Français. La France ne leur doit-elle pas cette liberté, alors qu'ils nous ont permis d'acquérir la nôtre ?

Chapitre II

De l'enfance, nous nous retrouvâmes quasiment adultes en troisième des collèges ou en seconde.

Nous avions gagné en taille et en maturité aussi.

Gabriel était devenu un colosse d'un mètre quatre-vingt pour ses dix-sept ans alors que je faisais quant à moi à peine un mètre soixante-dix.

Madeleine s'était considérablement affinée, elle était de plus en plus belle. Elle était à peu près de la même taille que moi et j'étais encore plus amoureux d'elle qu'à douze ans.

Son succès auprès des garçons était indéniable et cela me rendait horriblement jaloux, comme si elle était déjà mienne.

D'autant que la concurrence s'était enrichie de jeunes et beaux garçons militaires des contingents de l'armée dont le nombre avait quadruplé dans le village.

Gabriel et Madeleine suivront leurs études en internat comme prévu dans deux lycées de la grande ville et moi dans celui du village. Nous nous revoyons moins souvent que par le passé et seulement le week-end.

Entre Madeleine et moi, notre amour s'était raffermi encore plus. Nous voulions le vivre au grand jour et le crier sur tous les toits, mais les traditions et surtout les commérages au demeurant ancrés chez les deux communautés particulièrement dans notre petit village nous obligeaient à vivre notre amour en cachette, usant de tant de subterfuges pour ne pas nous exposer à la vindicte publique.

Chaque fois que nous eûmes l'occasion de nous revoir, ces moments furtifs furent tellement intenses en amour et en émotion que nous oublions, parfois, les regards hostiles dans les recoins du village.

D'ailleurs, c'est comme cela que nous étions surpris par un villageois qui nous avait sermonnés, il avait rapporté la scène au père de Madeleine.

Le père de Madeleine a beau le convaincre que nous n'étions que des amis d'enfance, le villageois insistait pour lui dire que la scène qu'il avait vue était au-delà de la simple camaraderie.

Gabriel s'était amouraché d'une lycéenne arabe, Nadia était tellement belle que l'on se mettrait à genoux devant elle, signe que l'amour pouvait surpasser les convenances communautaires, comme le disait Gabriel lui-même.

Il réussit à faire accepter par sa mère la venue de Nadia à la maison parentale dans le village, non pas comme sa petite amie, mais mensongèrement comme collègue de lycée.

Madeleine, en confidence, me raconta la réflexion de sa mère ce jour-là : ma fille fréquente son jeune indigène d'enfance et voilà que mon fils à son tour s'amourache d'une belle autochtone ; ils ont de qui tenir, moi la mère juive qui épousa un goy français ; ainsi la boucle est bouclée.

Gabriel autrefois apposé aux sentiments amoureux entre sa sœur et moi devenait carrément conciliant, voire complice de notre amour.

Il nous arrivait d'évoquer et de rire du temps où il jouait au gendarme pour soi-disant protéger sa sœur.

Il admettait volontiers son harcèlement de l'époque, mais avait un argument de taille pour le justifier : c'était prématuré pour votre âge, nous disait-il.

Gabriel jalousait sa sœur au prétexte qu'elle rentrait chaque week-end au village et, malgré les réticences, elle me rencontrait souvent alors que lui souhaitait de préférence rester dans la grande ville pour sortir avec sa dulcinée.

Madeleine ne manquant jamais de bonnes idées dans de telles circonstances, suggéra un plan enthousiasmant :

– J'ai la solution, nous allons demander à tante Gisèle de nous loger une semaine sur deux chez elle. Elle est super-gentille, plutôt débridée. Gabriel, te souviens-tu quand elle nous racontait ses escapades amoureuses de jeunesse.
– Elle a de l'emprise sur notre mère, sa sœur, pour obtenir son accord et à nous la liberté incognito dans la grande ville contrairement à ce patelin où nous sommes épiés dans nos moindres faits et gestes.
– Et toi, mon Caramel, obligé, tu viendras me rejoindre ?

Gabriel et moi, nous nous regardâmes droit dans les yeux, époustouflés par la proposition géniale de Madeleine.

Le jour suivant, Madeleine téléphonait sans tarder à tante Gisèle qui accepta volontiers d'intercéder.

Deux jours après, je recevais une lettre de Madeleine, que d'émotions et de larmes de joie en la lisant et surtout les paragraphes suivants :

Caramel, mon chéri

Chaque mercredi, tu pourras venir, non pas pour me voir de loin comme d'habitude, car je n'étais pas autorisée à sortir de l'internat, mais pour repartir toi et moi, ensemble, la main dans la main, avec la bénédiction de tante Gisèle.

Tante Gisèle avait réussi à convaincre les parents que Gabriel et moi soyons hébergés chez elle une semaine sur deux et, mieux encore, elle s'est portée garante, pour que je sorte librement la journée de chaque mercredi de l'internat. Tu ne peux pas t'imaginer, je suis folle, mais alors folle de joie.........................

Ma joie fut exponentielle au fur et à mesure que je lisais le texte, et pour cause, cette liberté de pouvoir rencontrer Madeleine sans aucune contrainte, moi qui allais chaque mercredi juste l'entrevoir au travers les grillages du lycée sans pouvoir l'approcher ni lui parler.

À nous, les salles de cinéma, le lieu bien discret, où se cajolent les jeunes amoureux de notre âge, les salons de pâtisserie, ou encore les balades et les bancs des jardins fleuris en incognito dans la grande ville, loin des regards réprobateurs et les rabat-joie de notre petit village.

Un seul petit bémol, à savoir, Madeleine sortira-t-elle seule pour aller chez tante Gisèle, qui habite une rue, située à deux cents mètres à peine du lycée, ou est-ce la tante qui viendra la chercher.
De toute façon, connaissant les rapports complices que Madeleine entretenait avec sa tante préférée, elle arrivera, dans les deux cas, à la convaincre de nous laisser sortir ensemble.
Le mercredi suivant, je partais donc revoir Madeleine à l'entrée de son Lycée.
J'arrivais à quelques centaines de mètres du lycée.
Avant même d'arriver à la hauteur du lycée, je voyais Madeleine accourir vers moi, j'accélérais le pas à mon tour puis à notre jonction, un tendre baiser devant un public plutôt attendri que critique.
Madeleine, regard pétillant, m'annonça le programme de la journée :

- Nadia s'était arrangée avec son voisin, propriétaire d'une des calèches qui font la navette en ville, il nous baladera autant que l'on voudra et les rideaux baissés, si tu vois ce que je veux dire !
- Gabriel et Nadia nous attendent en ce moment même à l'entrée de leur lycée ; nous remontrons ensemble le

boulevard pour rejoindre la place où stationnent les calèches.

– Ensuite, tante Gisèle nous invite à déjeuner chez elle nous, Gabriel et Nadia à la condition de ne pas le révéler aux parents, ça lui rappellera ses escapades de jeunesse, disait-elle.

– Et, le bouquet final, nous irons voir un film dans une salle de cinéma, peu importe d'ailleurs le titre, l'essentiel que nous soyons l'un à côté de l'autre et plein de baisers amoureux dans le noir bienveillant de la salle du cinéma.

– Mais tante Gisèle ne me connaît pas, elle risque d'être réticente à mon égard non, lui dis-je.

– Tu parles, je la bassine avec notre amourette depuis l'âge de huit ans !

– En plus, elle avait vu ton manège quand tu venais les mercredis précédents et c'est pour cela qu'elle avait demandé aux parents de l'autoriser à me sortir la journée du mercredi.

– Tu vois, il n'y a pas que moi qui t'aime, tante Gisèle te trouve attendrissant.

J'étais tellement ému, les larmes me coulaient et celles de Madeleine aussi, je m'empressais de lui dire :

– Je t'aime à la folie, je t'aime à mourir, je te jure qu'il n'y aura aucune autre femme que toi dans mon cœur.
– Taratata, mon chéri adoré !

Nous repartîmes à la rencontre de Gabriel et Nadia, en traversant le centre-ville, choisissant les chemins les plus discrets, en nous arrêtant à chaque centaine de pas, pour nous faire un baiser sans une contrainte ni retenu.

Une journée de pur bonheur comme prévu, jamais nous n'eûmes une telle occasion d'être aussi proches physiquement et libres de nos passions.

Nous n'avons cessé de bénir en ce jour tante Gisèle sans qui nous n'aurions pas eu cette aubaine.

Une femme qui bravait toutes les conventions rétrogrades des trois traditions, chrétiennes, musulmanes et juives qui s'enchevêtraient entre elles comme par consensus.

Puis, vint l'intolérable séparation, Madeleine regagna la prison dorée qu'était l'internat du lycée de son côté et moi, vers la gare du village honni.

Sur le chemin du retour, je revivais ces moments de bonheur et me languissais déjà du mercredi prochain.

Chapitre III

Gabriel, sa sœur Madeleine, moi-même et Jean et Antoine, les fils d'Henri le garde champêtre, formions le groupe des cinq indéfectibles amis dont l'amitié s'était encore renforcée avec l'âge.

Côtés copains indigènes, Saïd avait interrompu ses études pour rejoindre trois mois auparavant le maquis.

Lorsque nous apprîmes la nouvelle, nous ne fûmes pas étonnés de son engagement avec les révolutionnaires algériens, quoique ne sachant pas si cela s'était fait par conviction pour la cause ou dans la crainte des menaces que lui proférait sans cesse Fernand, la jeune recrue de l'armée, affecté à la caserne militaire locale.

Alors que nous discutions musique et conquête des jeunes filles du collège, Fernand et lui ne cessaient de se chamailler, jusqu'à arriver aux mains parfois, l'un était idéologiquement pour une Algérie française et l'autre pour une Algérie indépendante.

Saïd traitait Fernand de fasciste et Fernand le traitait à son tour d'indigène.

À la sortie de la maison, j'étais arrêté, en compagnie d'un autre camarade, par les gendarmes pour avoir participé à la manifestation d'étudiants.

Beaucoup de manifestants furent arrêtés par les militaires. Certains furent relâchés, d'autres emprisonnés dans la caserne militaire.

Nous nous réjouissions de passer aux mains des gendarmes, car les militaires avaient la réputation d'être des tortionnaires hors pair et d'avoir la gâchette facile pour des exécutions sommaires.

Nous devions notre salut à la conjugaison de deux facteurs : être mineurs, âgés d'à peine seize et dix-sept ans, et que notre action a été qualifiée de simple trouble à l'ordre public et non pas que nous fussions des militants de la cause algérienne.

Le plus épatant c'est que Madeleine faisait discrètement partie de la même manifestation, mais dans un autre cortège, de quoi être honnie par la majorité des Européens du village.

Son père et quelques notables du village sont intervenus en sa faveur pour la libérer, mais elle refusa net en imposant que je sois également libéré en même temps qu'elle, un geste d'amour que je ne saurais oublier.

Malheureusement, ce ne sera pas le cas, car outre le fait d'avoir manifesté, l'on me reproche également de faire partie de ceux qui avaient organisé la manifestation en faveur de l'indépendance.

Après les interrogatoires des gendarmes, j'étais donc présenté devant un juge qui ordonna mon emprisonnement.

Bien que redoutant la prison, j'acceptais ce verdict mieux qu'un jugement plus sévère du redouté du tribunal militaire, entre les deux, c'était le moindre, me disais-je.

Menotté comme un malfrat, j'étais emmené et mis en prison pour je ne sais quelle durée.

Et, allez savoir pourquoi, une rétrospective me vint soudainement à l'esprit. À peine quinze jours plus tôt, je fêtais l'anniversaire de mes seize ans révolus avec des copains et, parmi mes amis favoris, Gabriel m'avait offert le livre *Les Justes* d'Albert Camus et Madeleine, celui de *Roméo et Juliette* de Shakespeare.

À propos du livre que m'avait offert Madeleine, je m'interrogeais alors sur le symbole de cette œuvre. Était-ce pour me rappeler notre serment d'amour éternel, que nous renouvelions à chacune de nos rencontres, ou m'invitait-elle à méditer la portée des nombreuses phrases qu'elle avait soulignées dans ce livre comme jadis nous le faisions sur les romans d'amour.

J'avais lu et relu à plusieurs reprises ces phrases presque au détriment du reste de l'histoire qui, si elle m'enchantait par l'ardeur de l'amour entre Roméo et Juliette, m'horrifiait quant aux difficultés qui s'opposaient à leur amour, la fin tragique des amants.

Deux livres que je me ferais expédier dès que possible et que je relirais pour atténuer l'ennui des journées de prison.

Au village, c'est surtout parmi mes camarades que le débat sur les raisons de mon internement suscitait le plus d'interrogations.

Et quelle ne fut pas ma surprise d'apprendre que c'était ma Madeleine qui avait pris ma défense avec virulence, surtout contre Fernand, l'apprenti tortionnaire du village :

— Non, mais, tu n'as pas été emprisonné, toi, quand tu as manifesté pour l'Algérie française l'autre fois ?

Il paraît que le Fernand était resté complètement désarmé à la réplique de Madeleine en ma faveur !

— Ah bon ! Tu défends les indigènes maintenant, lui avait-il répondu.

Et Madeleine d'ajouter :

— C'est mon ami d'enfance, cent fois meilleur que toi, ne t'avise pas de me tourner autour, vaurien !

Je m'enorgueillissais de sa position tranchée, surtout contre cet énergumène prétentieux.

Il faut dire que Madeleine et moi ainsi que son frère Gabriel formions le groupe d'amis le plus fidèle depuis l'âge de six ans.

Nous étions cul et chemise jusqu'à la sixième, où nous avions commencé à nous voir moins souvent.

D'abord, parce que les parents de Madeleine et Gabriel les avaient envoyés poursuivre leurs études secondaires en internat dans des collèges de la grande ville distants de quinze kilomètres.

Ensuite, les évènements de la guerre avaient disloqué les relations d'amitié qu'entretenaient quelques familles des deux communautés, l'une autochtone, l'autre européenne des parents de Madeleine et Henri le rouge.

Cependant, entre Madeleine et moi, l'amitié de l'enfance s'était transformée progressivement en amour platonique puis en un véritable amour-passion et nous profitions de la moindre de nos rencontres.

Au commencement, nous échangions en catimini des romans d'amour, avec pour consigne de cocher discrètement au crayon, sur les pages du roman, la scène ou la déclaration d'amour que nous avions le plus aimée.

Nous dévoilions ainsi pudiquement nos sentiments réciproques.

Le plus beau geste d'amour avait été, à cette époque-là, de joindre ma main à la sienne, sous la table, lors d'un goûter chez ses parents et à l'insu de son frère vigilant.

Ou encore ce même jour, la tentative d'un baiser derrière la villa et qui n'avait même pas eu lieu, interrompue par ce même frère Gabriel toujours à nos trousses !

C'était à l'aube de nos quinze ans que débuta la plénitude de notre amour et naissait, par là même, notre ingéniosité à le vivre, clandestinement parfois, pour contrecarrer un environnement hostile, imbu d’interdits et de traditions rétrogrades.

Voilà bientôt trois mois que je suis dans cette prison.

Mon statut de prisonnier préventif me privait de recevoir des visites, pas même celle de ma mère qui venait chaque samedi, s'asseyait au pied de la porte de prison, pensant ainsi sensibiliser le directeur pour la laisser me voir en vain.

Madeleine qui m'écrivait presque chaque jour du lycée quand j'étais à la maison et mes autres amis ne pouvaient m'écrire, car dans la schizophrénie de cette sale guerre, il fallait mieux s'abstenir au risque d'être suspecté de complicité.

Dans cette prison, il y avait surtout des prévenus, car c'était une prison de transit.

Il y avait deux garçons de mon âge qui attendaient leur jugement pour d'autres délits.

J'étais souvent avec les deux prisonniers de mon âge et nous parlions de notre génération, pour tuer le temps.

Un jour, je reçus la visite d'un avocat dans un bureau à côté de celui du directeur de la prison.

Il se présenta comme mon avocat désigné d'office pour me défendre devant le tribunal pour une audience prévue dans une semaine.

Il m'annonça que seule ma participation à la manifestation avait été retenue.

Il m'apprit qu'un autre avocat avait plaidé, également en ma faveur.

Ce dernier avait présenté au juge une brochette de notables pour témoigner de ma probité.

Mes anciens instituteurs, les deux professeurs des collèges, le père de Madeleine et son ami le juge, tous étaient de la partie.

Le chef d'accusation d’avoir participé à l’organisation de la manifestation a été abandonné, seule ma présence à la manifestation était retenue.

Optimiste, il me conseilla de maintenir simplement la version de la première déposition donnée lors de la précédente audience devant le juge d'instruction.

Il me conseilla donc de maintenir ma déclaration que j’avais faite devant le juge : j'étais dans le cortège des manifestants par curiosité et sans connaître l'objet de leur revendication.

Je repartis vers la cour de la prison à la fois soulagé et confiant.

Effectivement, une semaine plus tard, le juge ordonna ma liberté provisoire avec astreinte de ne pas quitter la région en attendant mon jugement définitif qui aurait lieu au tribunal dans environ six mois.

Quand je suis rentré au village après ces insoutenables mois de prison, les amis et voisins autochtones me réservèrent un accueil des plus chaleureux, que de va-et-vient dans les deux minuscules chambres de mes parents !

À mon grand regret, Madeleine n'y était pas, non pas par manque d'amour ou d'amitié, mais c'est surtout à cause de la psychose qui régnait entre les deux communautés.

J'aurais tant aimé sa présence d'autant que je me targuais de son courage d'affronter les idées de sa communauté et surtout d'avoir exigé d'être libre à la condition que je le sois aussi.

Dès lors, j'ai compris qu'avec Madeleine nous ne partagions non seulement notre amour, mais aussi nos convictions de justice.

Mais c'était sans compter sur ces jeunes dont l'amitié d'enfance demeurait indéfectible, prête à braver les conventions établies.

Ainsi, le samedi suivant, c'est chez monsieur Henri que nous nous retrouvâmes comme lorsque nous étions enfants.

Madeleine, Gabriel, Antoine et Jean, avec la complicité de leur père Henri, organisèrent une petite fête en mon honneur. Nous formions tous, depuis la préparatoire jusqu'à aujourd'hui, seize et dix-sept ans au plus, un groupe qui avait surmonté les vicissitudes communautaristes.

Les enseignements respectifs au collège et au lycée avaient développé nos facultés de réflexion et, comme par un tacite accord, nous mettions les belligérants de cette innommable guerre dos à dos.

Nous étions tous autour d'une table garnie d'un superbe gâteau au chocolat et des sodas.

Avec la complicité de Madeleine, nous nous retrouvâmes face à face, nos pieds s'adonnaient ainsi, au-dessous de la table, à une chorégraphie sentimentale.

Nous tentions, difficilement, de cacher nos émotions que pouvaient trahir nos visages, car hormis nos jeunes camarades, la maîtresse des lieux était assise à notre table.

Gabriel, qui faisait semblant de ne rien voir, s'approcha de moi, visiblement conciliant, puis me chuchota :

– Attends un peu que madame et Monsieur HENRI partent, nous avons prévu de faire une superbe fête.
– Les petites copines de Jean et Antoine ainsi que Nadia vont nous rejoindre juste après.

Madeleine, l'air bougonnant, s'adressa à son frère Gabriel :

– Mouchard, c'est à moi de le lui dire !

Monsieur Henri venait juste d'arriver, il se dirigea directement vers moi, avec un air faussement sérieux :

— Alors, petit voyou, tu manifestes maintenant pour ton indépendance ?

Madeleine partit au quart de tour :

— Ce n'est pas interdit, Monsieur Henri, les Français aussi ont manifesté pour l'Algérie française.

— Waouh, répliqua Monsieur Henri : Madeleine, tu as raison, mais tu défends qui au juste, ton ami ou sa cause ?

Dès que le couple HENRI était sorti, les trois filles, faisant probablement le guet à proximité de la villa, débarquèrent immédiatement.

Démarrait alors notre première fête de post-adolescence, danses langoureuses, corps contre corps frétillant, baisers et caresses amoureuses, une sorte de fête hollywoodienne sans les décors, ni les paillettes, ni du champagne, hormis l'intense bonheur que ressentaient les amoureux, de temps en temps, un verre de limonade fraîche et pétillante pour agrémenter l'ambiance.

00Madeleine et moi sommes sortis de la salle de dance pour nous retrouver dernière la villa.

Un coin discret comme nous avions l'habitude, pour profiter en toute intimité de nos ébats amoureux.

Mais visiblement, nous étions espionnés dans nos faits et gestes par la bande de copains, car ils sortirent quelque temps après pour nous débusquer de notre isoloir.

Après cette mémorable fête, je suis parti le lendemain pour rendre visite à ma grand-mère ; au lieu des deux jours prévus, grand-mère m'avait retenu toute la semaine.

À mon retour, la plus triste des nouvelles n'attendait

Madeleine était partie !

Son père avait reçu des menaces d'extrémistes contre Madeleine lui reprochant sa participation à une manifestation contraire aux intérêts de la communauté européenne.

Son père avait jugé bon d'envoyer Madeleine et sa mère chez la Grand-Mère en France pour leur sécurité.

Du coup, les quelques jours de vacances passés chez ma grand-mère se sont transformés en regret, culpabiliser d'avoir été absent, au départ de Madeleine.

En rentrant le soir à la maison, ma mère me rapporta une histoire stupéfiante et touchante à la fois, elle me dit :

– Madeleine est venue me voir avant-hier. Alors que je la voyais d'habitude au domicile de ses parents, cette fois, elle est venue courageusement dans notre propre maison.
– Elle n'a cessé de pleurer en m'enlaçant et en m'embrassant.
– Je ne savais pas comment la consoler en français et je me suis mise à pleurer autant qu'elle.
– Puis elle me remit une lettre pour toi.
– En partant, elle a mis ses deux mains sur son cœur en disant au revoir.
– Voici ta lettre, conclut ma mère en me la tendant.

Je me précipitai immédiatement pour ouvrir et lire la lettre de Madeleine que voici :

Caramel, mon amour

Je ne sais pas si tu seras de retour avant mon départ, sache que j'emporte notre amour avec moi. Ton cœur bat en moi et me rassure, car je sais que tu garderas notre amour durant cette inattendue séparation.

Depuis nos six ans, nous avions été des camarades, puis des amis et finalement, des amoureux précoces et maladroits, probablement à cause de notre timidité commune.

Souviens-toi, nous faisions parler les personnages des romans d'amour à notre place en soulignant les phrases et en entourant les photos ou encore les contacts furtifs de nos jambes ou de nos mains sous la table ainsi que nos regards complices.

À peine douze ans, c'était déjà dans ces gestes-là, dans ton regard malicieux et tes yeux attendris, que je détectais tes plus belles déclarations d'amour.

Et puis vint la saison de nos quinze printemps et la divine bénédiction de tante Gisèle qui nous permit de vivre passionnément notre amour.

Au lycée, les tentatives des soupirants s'arrêtaient avant même de débuter, car ton cœur était dans mon corps et me servait de rempart contre les tentations.

Fernand n'a cessé de me harceler et, faute de m'avoir séduite, il a tenté vainement de me détourner de ton amour.

C'est le contraire qui s'est produit, je t'aime davantage et adhère à la noble cause que tu défends, la liberté de ce pays qui nous a vus naître sans se poser la question de nos origines, lui.

Mon père tient tête aux menaces des extrémistes orchestrées par Fernand et son père Gaston.

Maman et moi sommes en France, mon père avait jugé bon de nous envoyer chez Grand-Mère pour notre sécurité.

J'ai remis cette lettre à ta mère avant de partir ; elle n'a pas su me donner l'adresse de la maison, j'ai relevé le numéro et le nom de la rue en sortant, pour nourrir l'ultime espoir de te contacter plus tard.

S'il te plaît, prends soin de notre amour, garde-le dans ton cœur comme je l'ai gardé dans le mien, scelle-le comme dans un coffre-fort et ne perds pas la clé. Je t'aime plus que tout mon Caramel.

Madeleine.

Chapitre IV

Deux mois après notre pénible séparation c'est la fin de la guerre, un cessez-le-feu décrété entre la France et les résistants algériens est entré en vigueur.

En cette fin du mois de juin, les révolutionnaires avaient quitté le maquis pour s'installer en ville dans les casernes militaires libérées par l'armée française.

Ils étaient accueillis en héros par la population qui scandait, vive l'Algérie indépendante, gloire aux martyrs.

S'ajoutèrent à ces combattants les militants civils et, chose inimaginable, nous les jeunes étudiants qui avaient simplement manifesté pour l'indépendance étions considérés comme des héros.

Alors que nous défilions ensemble dans le village, des mères et des grands-mères venaient nous embrasser parfois, elles nous enlaçaient avec les larmes aux yeux, particulièrement Saïd et moi, les plus jeunes du groupe, sous le regard, un peu jaloux, de nos compatriotes aînés.

La liesse populaire durera des semaines, les libérateurs que nous étions furent élevés à la plus haute considération, des invitations à des repas somptueux et même des propositions de mariage pour sceller une alliance avec ces valeureux combattants qui ont libéré le pays.

Une autre liesse de grande envergure sera celle de la déclaration officielle de l'indépendance.

Après tant de festivités, il fallait maintenant réfléchir à notre devenir.

Un grand nombre de maquisards seront désignés pour occuper des postes à responsabilité dans la nouvelle administration. Ils furent recrutés plus pour leur mérite révolutionnaire que pour leur diplôme.

Les jeunes collégiens et lycéens ayant interrompu leurs études pour militer seront dans leur majorité sélectionnés pour aller faire des études à l'étranger et former ainsi les futurs cadres de l'administration.

Le copain Saïd et moi-même étions sélectionnés pour faire partie de ces futurs cadres de la nation.

Alors que Saïd s'extasiait par les études à l'étranger et sa future carrière, pour moi c'en était une autre ambition : comment allais-je retrouver Madeleine, mon amour d'enfance, partie en France quelques mois avant la fin de la guerre.

J'ai appris par ouï-dire qu'elle serait dans la région de Nice, en France chez sa grand-mère.

Ma première démarche était de demander à ma mère si elle avait reçu, entre-temps, du courrier de la part de Madeleine, car avant qu'elle ne parte en France, elle avait pris le soin de noter l'adresse de mes parents.

Elle me répondit par la négative, mais je voyais sur son visage comme une sorte de gêne ; connaissant ma mère, j'étais presque certain qu'elle me cachait quelque chose.

Le père de Madeleine ne s'était pas expatrié vers la France, car durant la guerre, il était parmi la minorité de Français favorable à l'indépendance des autochtones.

Comme d'autres Européens qui avaient choisi de rester au pays, il a été promu à un poste au ministère de l'Agriculture pour créer une école de vétérinaires et former les jeunes Algériens à ce métier.

J'avais bien tenté d'avoir son adresse ou un numéro de téléphone pour avoir des nouvelles de Madeleine en vain.

Dans mon ultime espoir, je suis allé voir Jean et Antoine, les fils d'Henri le rouge, nos deux amis communs, et là encore aucun ne reçut des nouvelles de Madeleine.

Je me suis souvenu que Madeleine ambitionnait d'être Médecin dans son jeune âge, une indication qui m'aidera peut-être à trouver une piste pour la rechercher quitte à faire le tour de toutes facultés de médecine de la région de Nice.

Mais faut-il encore que je puisse aller en France, car il faut attendre quelques mois pour avoir un passeport de la nouvelle administration.

Revoir Madeleine j'en mourais d'envie, mais toutes les portes semblaient fermées.

Bien que sa dernière lettre qu'elle m'avait laissée chez ma mère avant son départ en métropole ne laissât aucune équivoque quant à notre amour, je ne comprenais pas pourquoi Madeleine ne donnait plus signe de vie et cela augmentait mon angoisse.

Sa nouvelle vie en France a-t-elle changé ses sentiments à mon égard ?

Est-elle tombée amoureuse de quelqu'un autre ?

Ces questions taraudaient mon esprit chaque fois que je pensais à elle.

Il y avait également une controverse majeure qui s'opposait à notre amour tant de la part de ses parents que des miens, imprégnés par les traditions antagonistes des deux communautés et surtout des commérages que cela susciterait.

En effet, si les parents de Madeleine voyaient en moi un ami d'enfance honnête et sincère de leur fille, la perspective de notre union ferait ressurgir sûrement le poids des critiques communautaires tant celle des Européens que celle des autochtones.

Ma famille n'est pas en reste non plus, se marier avec une Européenne alors que la tradition veut que j'épousasse une fille de ma communauté est un autre obstacle.

La religion, la différence socioculturelle et la haine que suscita la guerre ne permettaient pas, à de rares exceptions, des mariages mixtes entre les deux communautés antagonistes.

Saïd, moi et quelques autres jeunes étions convoqués par un service de l'éducation afin de constituer nos dossiers de bourse pour les études à l'étranger.

Bien que l'affectation aux écoles étrangères pour chacun d'entre nous fût déjà déterminée par le service de l'éducation nationale, j'avais fait des pieds et des mains pour aller étudier dans une école en France.

Après moult tentatives, j'ai réussi à obtenir gain de cause pour une affectation dans une école à Marseille.

Aussitôt fini les inscriptions, je suis parti illico au ministère de l'Agriculture pour avoir les coordonnées du père de Madeleine ; il était effectivement directeur d'une école vétérinaire dans la périphérie d'Alger.

Adresse en main, je partis à sa rencontre, l'accueil était des plus chaleureux, sauf son mutisme à propos Madeleine qu'il évoqua à peine, tout comme le fit ma mère, c'est-à-dire avec une certaine gêne apparente.

Par contre, il m'indiqua que mon ami Gabriel, le frère de Madeleine qui effectuait son service militaire à Oran, avait été rapatrié avec les militaires de son régiment à Toulon.

Je m'empressais de lui demander son adresse, voyant en cela une aubaine, m'extasiant déjà, qu'il me sera fort utile pour retrouver Madeleine.

Le père de Madeleine me remit volontiers l'adresse de son fils et m'invita même à un dîner, au cours duquel il évita, encore une fois, d'évoquer Madeleine.

En le quittant, il me vint l'idée d'aller à la grande poste pour consulter l'annuaire téléphonique de France, particulièrement celui de la ville de Nice où était réputée être Madeleine, vaine tentative, car il y avait tant de noms de sa famille dans la région qu'il m'était assez difficile de distinguer celle de Madeleine.

Malgré cet échec, il me restait cependant la chance d'écrire à Gabriel en y mettant l'espoir qu'il me donnera des nouvelles de Madeleine et ses coordonnées.

Après quinze jours passés depuis que j'avais écrit à Gabriel, mais toujours pas de réponse de sa part.

Je questionnais inlassablement ma mère à propos du courrier et toujours la même réponse : je n'ai rien reçu !

La seule bonne nouvelle entre-temps, était la réception de mon passeport qui va me permettre d'aller enfin en France, mais avec le groupe d'étudiants, car les billets d'avion et l'hébergement étaient à la charge de l'État.

Le départ du groupe d'étudiants dont je faisais partie était prévu pour la rentrée scolaire en France en septembre et attendre encore presque deux mois me paraissait assez long, j'ai envisagé de partir avant cette date, mais mes finances et surtout la sagesse de mes parents qui me conseillaient la patience m'ont assagi un peu.

Un jour, alors que je sortais de la maison, j'aperçus le facteur de notre quartier, il me faisait signe de l'attendre, je me suis empressé de le rejoindre, il me tendit une lettre qui m'était destinée, cachetée à Toulon, à l'arrière de l'enveloppe, figurait le nom de l'expéditeur, c'était mon ami Gabriel !

Dans la précipitation, j'ouvrais maladroitement l'enveloppe risquant même de déchirer son contenu, sous le regard étonné du facteur.

Je lisais la lettre de Gabriel tout en marchant vers la maison et il y avait de quoi, car elle contenait au moins sept pages.

Après avoir retracé les faits depuis que nous nous étions perdus de vue depuis son départ pour le service militaire, il évoquait les bons souvenirs de notre amitié et nos escapades dans notre petit village.

Il commença ensuite à me décrire la situation désastreuse de l'accueil des rapatriés d'Algérie en métropole dont sa famille faisait partie, du rejet de la communauté pied-noir par les Français particulièrement ceux de la région sud de la France.

La communauté a été radicalement désorientée par le changement de pays et de mode de vie ; elle développait une haine encore plus sévère, non seulement à l'égard des Algériens supposés être la cause de leur malheur, mais également contre le général de Gaule pour avoir abandonné l'Algérie.

Il en vient enfin à l'essentiel qui m'importe le plus, sa sœur Madeleine !

Il me disait que Madeleine allait beaucoup mieux que la dernière fois, sans me dire de quoi il s'agissait et qu'elle s'étonnait que je ne réponde pas à ses lettres.

À la lecture de ce dernier paragraphe, je sortis rattraper le facteur pour lui demander s'il avait bien reçu d'autres lettres que celle qu'il venait de me remettre.

- Oui, je les ai remises en ton absence à ta mère.

Je remercie le facteur et suis reparti haletant à la maison pour questionner ma mère.

L'air contrarié, tenant les pages de la lettre de Gabriel entre mes doigts, à l'évidence ma mère avait déjà compris ce que je m'apprêtais à lui demander.

- Maman, où sont mes lettres ?
- Quelles lettres, mon fils !
- Les lettres que Madeleine m'avait envoyées de France ?

L'air contrarié, elle ne me répondit pas sur-le-champ.

- Maman, tu nous as toujours appris à être sincère et ne pas mentir
- Pourquoi me caches-tu les lettres que Madeleine m'avait envoyées ?

Embarrassée, elle finit par m'avouer le pourquoi.

- Je sais que j'ai mal agi, mais comprends-moi, mon fils
- Lorsque ton frère m'avait dit que les lettres provenaient de Madeleine, je les ai aussitôt cachées.
- Je craignais de te perdre, que tu nous abandonnes pour rejoindre Madeleine en France, car je sais que toi et Madeleine vous vous aimiez depuis votre enfance.

– Et puis, il y avait également un autre sérieux souci, se marier avec une Européenne était très mal vu par notre communauté et même par ta propre famille, tu imagines les dénigrements et les commérages que cela aurait générés à ton encontre.

– On n'est pas encore là maman, mais je comprends ton souci !

Elle partit retirer de sa cachette les lettres qu'elle me remit immédiatement.

Madeleine m'avait écrit deux lettres, la première en juillet pour manifester sa joie de me savoir vivant.

Elle me disait que j'étais son petit héros, que son amour envers moi était encore plus vivace et qu'elle attendait impatiemment de me revoir.

Elle me disait aussi qu'elle s'était inscrite à la faculté de médecine de Grenoble dès la rentrée prochaine, que sa mère lui avait loué un studio à proximité de la faculté, notre nid d'amour si je venais à la rejoindre. Elle me précisa l'adresse chez sa grand-mère à Nice en promettant de m'adresser celle de Grenoble dès qu'elle sera installée.

La seconde lettre était celle pour laquelle j'avais eu le plus de regret de n'avoir pu lire à temps.

Madeleine m'annonçait qu'elle venait à ALGER chez son père, m'intimant l'ordre de la rejoindre dès son arrivée. Elle m'indiquait l'adresse de son père et même son numéro de téléphone pour pouvoir la contacter.

J'en voulais énormément à ma mère pour son comportement hostile, mais je compris que cela partait d'un bon sentiment et que le poids des traditions y était pour beaucoup.

Dans sa lettre, Gabriel me disait que Madeleine allait mieux que la dernière fois, mais sans me dire de quoi il s'agit, il s'est probablement passé quelque chose, mais pourquoi me le cacherait-il ?

Lui écrire pour avoir une explication concernant Madeleine risquait d'être long, aussi ai-je décidé de lui envoyer ce télégramme :

Qu'est-il arrivé à Madeleine, dis-le-moi en urgence.

Si les raisons du mutisme de ma mère concernant Madeleine sont maintenant connues, je m'interroge plus sur celles de son père qui, lors de notre rencontre à ALGER, ne me parlait presque pas de sa fille.

Que me cachait-il lui aussi à propos de Madeleine ?

Certes pas pour les mêmes raisons que ma mère poule imprégnée du poids de ses traditions, les parents de Madeleine étaient moins sensibles à ce genre de considération malgré la pression d'une communauté européenne aussi traditionaliste que celle des autochtones.

Aurait-il alors un lien avec le mutisme du père et celui de son fils Gabriel qui dans sa lettre évoquait l'intrigante phrase : Madeleine va mieux que la dernière fois.

Presque une semaine passée et toujours pas de réponse de Gabriel à mon télégramme, ni par courrier ni par téléphone, pourtant il était habituellement assez ponctuel.

Ma crainte de ce qui aurait pu arriver à Madeleine devient insupportable, il faut envisager une autre solution, me dis-je.

Je ne pouvais pas attendre le départ en France avec le groupe de mes collègues étudiants prévu dans un mois.

J'avais donc décidé de partir immédiatement en France.

Je fis le tour de mes oncles et cousins sollicitant leur aide financière pour pouvoir faire le voyage.

Ils furent plus que généreux, les sommes recueillies me permettaient aisément de me payer le billet d'avion et même mes dépenses pendant mon séjour en France pour quelques jours.

J'ai réservé le premier vol à destination de Marseille, me disant que l'adresse de Gabriel à Toulon était plus proche que celle des parents de Madeleine à Nice, un peu plus loin.

J'arrivais le lendemain à Marseille et, comme par pressentiment, j'avais choisi de partir à Nice, chez les parents de Madeleine d'abord, et non chez Gabriel à Toulon.

J'avais pris un train pour Nice, puis un taxi jusque chez les parents.

Un pavillon cousu, je m'étais dirigé vers la porte d'entrée, j'ai appuyé sur la sonnerie, au bout de quelques minutes apparaissait une dame d'âge mûr, probablement la grand-mère de Madeleine.

Sans me demander qui j'étais, ni même ce que je voulais, elle s'adressa à moi avec un air réprobateur :

– Que viens-tu faire ici ?

– Je viens juste revoir Madeleine, je suis son ami d'enfance d'Algérie

– Allez fous le camp, tu n'as rien à voir ici !

– Est-ce que Madeleine ou sa mère sont là, lui répondis-je ?

– Je te dis, dégage de là !

Sans même insister, j'ai rebroussé chemin sur-le-champ.

Je savais que la grand-mère de Madeleine était de la descendance des premiers pionniers de la colonisation, imbibée de l'esprit que les autochtones étaient des moins que rien.

Avec son mari, elle exploitait une immense propriété terrienne dans le village jusqu'au début de l'insurrection algérienne, sa ferme avait été incendiée à deux reprises par les maquisards, elle quitta l'Algérie pour venir s'installer en métropole.

Sa rancœur était d'autant plus légitime, l'accueil des métropolitains était médiocre et l'abandon du pays qui les a vus naître n'a fait qu'accentuer la haine de la communauté pieds-noir à l'égard de ces Algériens nouvellement indépendants, considérés comme la source de leur malheur.

Mon regret était plus de n'avoir pas rencontré Madeleine ni sa mère, l'accueil comme un mal propre ne m'importait que peu.

Je suis reparti à Marseille puis à Toulon revoir Gabriel.

Nous avions dîné ensemble dans le restaurant d'un rapatrié à Toulon qui cuisinait les spécialités du pays.

Après quelques remémorations, je l'interroge à propos de Madeleine et le fait qu'il n'ait pas répondu à mon télégramme.

Un peu embarrassé, il prétexta un simple manque de temps, mais son visage le trahissait, à force d'insistance, il finit par m'avouer :

En fait, me dit-il, Madeleine avait eu un accident de moto à Grenoble ou elle devait étudier.

Transportée dans un hôpital de Grenoble, elle a été sauvée par l'intervention d'une équipe de médecins, sa vie n'est plus en danger, mais elle est restée dans le coma depuis.

Je ne m'attendais pas à une pire nouvelle, les larmes coulaient sans pouvoir lui dire quoi un mot.

Il me regardait avec tristesse, puis me dit :

- Tu sais, j'ai une permission de deux jours, je dois aller justement voir Madeleine à Grenoble.
- Viens avec moi

Je lui faisais signe de mon accord sans pouvoir contenir mes larmes.

Il m'enlaça comme pour consoler un enfant et me dit :

– Ne t'inquiète pas, Madeleine est très courageuse, elle s'en sortira.

Chapitre V

Le lendemain, nous sommes partis voir Madeleine à l'hôpital de Grenoble.

Une image de désolation, Madeleine était là sur un lit, des appareils de contrôle et des tuyaux pour l'alimenter probablement en oxygènes.

Elle était immobile, paraissait sereine, mais ne disait mot.

Je faisais montre de courage, mais rien n'y fait, le chagrin était trop fort ; je sortais de temps en temps dans le couloir pour pleurer.

Gabriel partira à son régiment le lendemain, quant à moi, j'ai réservé une chambre d'hôtel à proximité de l'hôpital, et malgré l'insoutenable image, je venais rendre visite à Madeleine chaque jour, pendant une semaine, je lui parlais chaque fois de nos jours heureux, de nos escapades en faisant abstraction de son inconscience. Bien qu'elle ne bouge pas, ne parle pas, j'avais le sentiment qu'elle m'entendait.

Pendant ce temps, sa mère venait également rendre visite à sa fille Madeleine le même jour.

En la rencontrant dans la chambre de l'hôpital, cette femme qui avait tant d'affections pour moi lorsque nous étions dans notre petit village, je m'étais lancé carrément dans ces bras comme pour chercher un réconfort.

Lors de la dernière visite, la mère de Madeleine était allée voir le médecin qui suit Madeleine pour s'informer de l'évolution de sa guérison, ce dernier était plutôt optimiste, mais il n'écartait pas l'hypothèse de séquelles si Madeleine venait à sortir de son coma.

Le même médecin qui avait constaté mes visites ponctuelles auprès de Madeleine avait interrogé la mère sur mon lien de parenté avec sa patiente.

Quand elle lui répondit que j'étais son ami d'enfance, il insista pour que je lui parlasse à chaque occasion de nos souvenirs d'enfance, des choses de la vie que nous avions partagées ensemble.

En effet, disait-il, le rappel de notre vécu pourrait susciter un déclic pour que Madeleine se réveille de son coma.

Je venais matin et soir au chevet de Madeleine. Je lui ressassai en continu l'histoire de notre amour, les souvenirs d'enfance et nos escapades d'adolescence.

Un jour, je vis comme un clignotement de ses yeux, je suis sorti comme un fou dans le couloir de l'hôpital en criant à haute voix :

- Madeleine s'est réveillée !
- Venez vite s'il vous plaît, venez !

Une infirmière était venue dans la chambre de Madeleine pour constater son état.

C'était malheureusement une fausse alerte, elle m'expliquait que ce que je venais de voir était simplement un effet mécanique de clignotement des yeux dus au traitement administré à Madeleine.

Cela faisait quinze jours que je suis à Grenoble logé dans un modeste hôtel, mes finances s'amenuisaient de jour en jour et il m'arrivait même de faire qu'un seul repas par jour.

La mère de Madeleine avait probablement pressenti ma gêne financière, elle me demanda de l'accompagner pour visiter le studio de Madeleine, une fois sur les lieux, elle me remit les clés du studio puis discrètement, elle glissa dans ma poche quelques billets d'argent, j'étais content et gêné à la fois.

Saïd, ainsi que les collègues étudiants sont arrivés à Marseille et à Nancy.

Ils logeront respectivement dans la cité universitaire de leur faculté dès la rentrée des cours.

Quant à moi, je dois me présenter à la faculté de Marseille pour la rentrée, une chambre d'étudiant m'avait été également réservée dans la cité universitaire de cette faculté.

Je dois aussi me présenter au Consulat pour percevoir ma première bourse d'études.

En attendant, je reste encore un peu auprès de Madeleine dans l'espoir de la voir réveiller de son coma avant mon départ.

Nous sommes le samedi, la mère et la grand-mère de Madeleine sont venues lui rendre visite, j'étais déjà au côté de Madeleine.

Quand elles franchirent la porte de la chambre, la grand-mère qui m'avait déjà reçu comme un malpropre la dernière fois semblait étonnée de me voir auprès de sa petite fille.

Pendant toute la durée de la visite, elle me regardait avec dédain sans m'adresser la parole.

J'avais tant envie de lui dire que Madeleine et moi nous nous aimions, que l'on se battra contre tous ceux qui entraveront notre union, mais la mère de Madeleine, qui connaissait déjà la rancœur de sa mère à l'égard des indigènes, me fit un signe discret comme pour me dire de ne pas tenir compte de son attitude.

C'est au tour de Gabriel d'arriver une heure plus tard, nous étions tous autour de Madeleine, nous lui parlions tous comme si elle était éveillée de façon à susciter sa réaction en vain.

En sortant de l'hôpital, Gabriel proposa que nous allions dîner ensemble, sa mère et moi-même étions d'accord, la grand-mère avait préféré repartir à Nice.

Au cours du dîner, la mère de Madeleine nous décrivait les circonstances de l'accident de Madeleine, elle était à l'arrière de la moto quand son compagnon pilote, voulant éviter un piéton, percuta une voiture venant d'en face.

Madeleine ne portait pas un casque de protection et c'est probablement la raison qui avait aggravé son état en chutant.

Je n'osais pas poser des questions à propos de ce compagnon pilote qui accompagnait Madeleine lors de l'accident ni même ce qu'il était devenu alors que j'en mourais d'envie de le savoir.

J'avais parlé à Gabriel de mon obligation de retourner à Marseille pour la rentrée à la faculté, il proposa de me déposer sur son chemin avant de rejoindre Toulon.

Courant le trajet, nous parlions de mille et une choses, de notre regret pour ce qui était arrivé à Madeleine. Gabriel m'avait également parlé de son père au pays. Il me disait qu'il se plaisait assez et qu'il envisageait même de faire revenir ma mère dans un premier temps et peut-être, plus tard, Madeleine.

Je lui promettais que je reviendrais voir Madeleine autant que possible à Grenoble jusqu'à sa guérison s'il le faut.

Le premier jour de la rentrée à la faculté était assez sympathique, chacun de nous s'était présenté, on nous avait remis les programmes des cours de la semaine.

J'avais renoué connaissance avec certains de mes compatriotes, mais aussi des Européens, dont des jeunes rapatriés quelque peu réservés.

Les cours de la première semaine étaient assez difficiles, malgré la mise à niveau que nous avions suivie au pays, elle était insuffisance.

J'avais également des problèmes de concentration, car mon esprit ne cessait de vaguer du côté de Madeleine, non seulement pour son réveil du coma, mais et surtout ce fameux compagnon pilote qui l'accompagnait sur sa moto au moment de l'accident.

À la fin des cours du vendredi, j'avais pris le train pour Grenoble, le lendemain je rendais visite à Madeleine.

Son état était stationnaire, aucune amélioration tangible depuis ma dernière visite.

Je commençais même à douter de l'efficacité de mes discussions qui selon son médecin traitant, suscitaient son réveil.

Voilà plus d'un mois que je lui ressasse nos histoires d'enfance, nos amourettes, nos escapades et nos subterfuges pour contrer ceux qui s'opposaient à notre amour et à mon désespoir, aucune réaction de sa part, toujours dans son coma exaspérant.

Je suis allé voir l'infirmerie en quête de nouvelles sur l'état de Madeleine, mais l'infirmière m'avait simplement dit que seul son médecin traitant était habilité à le communiquer à ses seuls parents.

C'est d'ailleurs cette même infirmière, étonnée de me voir auprès de Madeleine chaque jour, qui m'interpella pour connaître mon lien de parenté avec Madeleine, ma morphologie et mon teint basané devaient probablement l'interroger.

Au moment même où je caressais le visage et les mains de Madeleine, dans l'espoir de sentir, ne serait-ce qu'un mouvement furtif de son corps, c'est Gabriel et la mère qui pénétrèrent dans la chambre.

Sa mère, l'air attendri, m'embrassa tout en faisant quelques tapes sur mon dos comme pour m'encourager.

Gabriel, me fit simplement un petit coup d'œil complice comme nous le faisions adolescent.

La maman est partie comme à l'accoutumée voir le médecin ; en revenant dans la chambre, elle nous annonça qu'une amélioration avait été constatée la semaine précédente.

Madeleine s’était réveillée un court instant.

Le médecin avait questionné la mère pour savoir qui était Caramel, c’était ce mot que prononça Madeleine lors de son furtif éveil.

La mère de Madeleine lui expliqua que Caramel était le surnom qu’elle m’avait donné à son ami d’enfance, celui qui venait constamment dans sa chambre pour lui parler ; lui caresser le visage et les mains.

Cette affirmation m’alla droit au cœur et me donna un peu d’assurance, car je ne cessais de m’interroger sur son lien avec le fameux jeune avec lequel elle était sur la moto.

Enfin ! Rien n’est perdu, me dis-je, l’espoir renaît.

Le Médecin lui conseilla vivement que je continue à lui rendre visite et surtout de lui parler même si elle ne me répond pas.

J’ai promis à la mère de Madeleine que je ne cesserais pas de venir rendre visite à Madeleine et même accroître mes visites s’il le faut, quitte à renoncer à mes études à la faculté de Marseille.

Gabriel m’invita à sortir un instant au moment même ou entrait dans la chambre, la grand-mère accompagnée d'une autre femme, probablement par crainte que la grand-mère ne déverse sa haine à mon encontre.

Pourtant, cette fois-ci, j’avais tant envie de lui dire et, pour qu’elle le sache une fois pour toutes, que Madeleine c’est mon amour, c’est mon passé, c’est mon présent et c’est mon avenir aussi.

Gabriel et moi nous nous sommes dirigés vers la cafétéria de l'hôpital. À peine attablé, Gabriel entamait la discussion sur ce qui me tracassait le plus à propos du jeune à la moto, qui accompagnait Madeleine.

Avant même qu'il ne commençât arrivait la mère, tout sourire, pour nous annoncer la bonne nouvelle : Madeleine s'est réveillée !

Nous nous sommes précipités vers sa chambre, elle avait les yeux figés, mais esquissait un sourire qui atténuait la pâleur de son visage.

Elle ne nous reconnaissait pas distinctement et pour seule parole elle nous dit : j'ai soif, nous confondant probablement avec les infirmiers.

La mère avait les larmes aux yeux et moi de même, j'ai levé mes mains vers ciel comme pour remercier Dieu, d'avoir épargné la vie de Madeleine. ; seul Gabriel retenait sa joie.

Entre-temps arrivèrent le Médecin et une infirmière, il nous invita à sortir de la chambre quelques minutes, le temps d'examiner sa patiente.

Une fois dehors, la mère de Madeleine nous raconta une scène invraisemblable.

La femme qui accompagnait la grand-mère était en fait sa sœur et le jeune homme à la moto était son fils.

Une scène de remontrance a eu lieu entre elles, sa sœur la mère du jeune épargné lors de l'accident et la grand-mère, alors qu'elles étaient au chevet de Madeleine.

Après tant de balivernes de la grand-mère, la mère finit par craquer, à son tour, elle lui reprochait d'avoir sciemment mis en relation Madeleine et son petit-fils dans le dessein de la détourner de celui qu'elle appelait l'indigène.

Elle lui reprochait également son racisme chronique et déplorait l'attitude hostile qu'elle me manifestait.

Elle lui rappela que j'étais l'ami le plus fidèle depuis la cour de l'école et combien même notre amitié s'est transformée en amour, malgré les traditions communautaires, qu'elle ne s'opposerait pas à notre union.

Elle ajouta que pour preuve de ma sincérité et mon affection, j'étais le seul à être au chevet de Madeleine chaque jour.

Elle s'adressa ensuite à la mère du jeune Olivier qui accompagnait Madeleine, en lui disant comment a-t-elle avalisé cette supercherie de la grand-mère qui mit sa nièce Madeleine dans un état de vie incertain.

Coléreuse, la grand-mère partit avec son autre fille en proférant des injures.

Une fois, les conjurées parties, la mère peinée, se rapprocha de Madeleine et l'enlaça tout en pleurant.

C'est alors que Madeleine commença légèrement à bouger, elle a ouvert ses yeux et esquissé un sourire sans dire un mot.

Les larmes de la mère se sont transformées en larmes de joie et elle ne cessa de lui répéter :

– Madeleine, ma fille chérie, c'est maman !

– Réveille-toi ma chérie, réveille-toi !

– Madeleine, ton ami Caramel est là, ton frère Gabriel aussi

La mère venait de finir de nous raconter le réveil de Madeleine quand le médecin et l'infirmière sortirent de la chambre en nous faisant signe de pouvoir y retourner, sauf la mère à qui le médecin lui demanda de le rejoindre à son bureau.

Gabriel et moi, enthousiasmés du réveil furtif de Madeleine, ne cessions de lui parler de nos souvenirs d'enfance et singions, à tour de rôle, nos anciens instituteurs avec l'espoir de la voir nous esquisser un sourire.

Elle nous souriait timidement sans plus.

La mère revint de chez le médecin aussi enthousiaste que nous l'étions, pour nous annoncer :

- Le médecin est optimiste quant à la guérison de Madeleine, cependant il lui faut encore beaucoup de temps pour recouvrer sa mémoire.

- Il préconise la sortie de Madeleine de l'hôpital en fin de semaine, car, disait-il, son insertion dans son milieu familial était primordiale pour faciliter sa guérison.

Aussi bonne que soit cette nouvelle, j'imaginais la suite avec appréhension.

En effet, Madeleine et sa mère occupent un appartement dans la grande résidence de la grand-mère et il me serait probablement assez difficile de revoir Madeleine autant que je le souhaiterais, car la grand-mère avait la plus exécrable des xénophobies à mon égard.

Je me suis donc promis de rendre visite à Madeleine plus que d'habitude avant sa sortie de l'hôpital.

Je suis donc revenu le soir même, Madeleine semblait un peu agitée, elle ne me reconnaissait toujours pas malgré les souvenirs de notre enfance et l'histoire de notre amour que je ne cessais de ressasser à chaque fois.

Je suis revenu encore le lendemain. Je contemplais Madeleine et malgré la pâleur de son visage et une mine décomposée, je l'imaginais comme elle était avant ce satané accident.

Soudain, Madeleine s'est mise à murmurer, à demi-mot, le nom d'un certain Olivier !

– Madeleine, c'est moi Caramel !

– Te souviens-tu de moi, ma chérie ?

J'ai beau insister, mais rien n'a changé de cette pénible affirmation.

Madeleine s'était replongée dans le silence, seuls ses yeux s'ouvraient et se refermaient par intermittence.

Peu de temps après, je suis sorti dans le couloir de l'hôpital, triste et désemparé sur mon sort, moi qui espérais tant qu'elle se réveilla en prononçant mon nom ou quelque chose du genre qui ferait référence à notre amour ou même à notre enfance.

Cette fois-ci, mon espoir est au plus bas quand j'entendis Madeleine, à peine réveillée, prononcer ce nom Olivier.

Je me demandais même si je devais retourner la revoir dans sa chambre ou m'éclipser simplement.

Je suis retourné au studio de Madeleine que sa mère m'avait prêté pour mon séjour à Grenoble, le désarroi était d'autant plus dur que j'imaginais Madeleine dans tous les recoins du studio qu'elle avait baptisé notre petit nid douillet.

Revenir voir Madeleine à l'hôpital me semblait être une dure épreuve, car j'appréhendais le lieu par risque d'entendre, de la bouche même de celle qui fût mon amour de toujours, prononcer ou réclamer un nom d'un autre homme que moi.

J'avais repris les quelques affaires que j'avais dans le studio et repris aussitôt le chemin de retour vers Marseille, décision que j'avais prise après une nuit cauchemardesque.

Un autre désastre m'attendait en arrivant ; je ne pouvais accéder à ma chambre d'étudiant, car le consulat avait suspendu son paiement, la prise en charge était conditionnée par une présence assidue au cours de la faculté, ce n'était pas mon cas depuis l'accident de Madeleine.

Balluchon à la main et peu d'argent pour aller à l'hôtel, je suis reparti à la faculté dans l'espoir de trouver une âme sœur pour m'héberger. Les collègues étudiants n'étaient pas très argentés non plus, mais certains me proposèrent de les rejoindre, dormir clandestinement dans leur chambre en attendant une solution à mon problème.

Chapitre VI

Parmi les étudiants et étudiantes que j'avais côtoyés à la faculté, il y avait Sonia, une compatriote qui m'avait accosté dernièrement dans le restaurant universitaire.

Elle était la fille d'un ancien gradé de l'armée française, qui a su quitter le pays quelques années avant l'indépendance.

Elle était assez mignonne, intelligente, débordante d'entrain, heureusement mon cœur me sommait de rester fidèle de Madeleine, j'aurais probablement succombé à son charme.

Elle avait appris ma situation, en nous quittant, elle me promit de voir avec son père, pour mon éventuel hébergement dans la maison familiale.

Madeleine occupait constamment mon esprit, non seulement pour sa santé, mais également par ce prétendu Olivier que je suppute avoir pris ma place dans le cœur de Madeleine.

Pourtant, l'amour de Madeleine et moi était sans équivoque, nous avions depuis notre jeune âge combattu ensemble tous les obstacles qui s'opposaient à notre amour, passaient outre les stupides différends sociaux culturels en nous promettant une fidélité absolue, quelles que soient les circonstances.

Comme pour me rassurer, je lisais et relisais des extraits des lettres que Madeleine m'adressait, et particulièrement celle que Madeleine m'avait laissée avant son départ pour la France.

Un paragraphe de cette lettre était devenu ma consolation, elle écrivait :

S'il te plaît, prends soin de notre amour, garde-le dans ton cœur comme je l'ai gardé dans le mien, scelle-le comme dans un coffre-fort et ne perds pas la clé. Je t'aime plus que tout mon Caramel

J'avais quitté précipitamment Madeleine à l'hôpital à cause du nom de cet Olivier qu'elle prononça en ma présence, et ce, probablement sous l'emprise de la jalousie.

Je commençais à avoir des remords et pensais qu'il ne fallait surtout pas baisser les bras, car rien ne prouve que Madeleine sortît avec Olivier.

J'ai donc décidé d'aller la revoir dans l'appartement de ses parents à Nice avec l'appréhension de me trouver nez à nez devant sa grand-mère qui tentait de briser notre relation.

En arrivant en face de l'immense villa de la grand-mère où logeaient Madeleine et sa mère, j'étais abasourdi !

Je vois soudain Madeleine, dans une allée de la demeure, assise dans un fauteuil roulant, poussée par un jeune, probablement le rival Olivier.

C'était le coup de grâce, j'ai rebroussé chemin sur-le-champ pour échapper à cette scène que je ne pouvais supporter.

Tout au long du trajet, c'était le pessimisme total ; le fait de perdre le bonheur et l'avenir que nous projetions Madeleine et moi depuis des années viennent d’être gommés, en quelques minutes à peine.

En revenant de chez Madeleine, je projetai de me rendre au consulat pour leur remettre les justificatifs de présence à la faculté pour percevoir à nouveau la bourse d'études.

Aussi importante que fût cette démarche, je suis allé directement dans la chambre du collègue comme à la recherche d’un isoloir.

Après une nuit cauchemardesque, je suis descendu à la cafétéria de la faculté, pour prendre le petit-déjeuner.

Avant même de m'asseoir, Sonia brandissait ses mains en me faisant signe de la rejoindre.

Elle m'interrogea aussitôt assise à la table

- Alors, tu es toujours nomade ?
- Oh là ! Tu n'as pas l'air d'être bien toi, des soucis ?
- Non, lui dis-je, juste des tracas pour ma chambre à la faculté et ma bourse d'études.

En vérité, j'étais presque sur le point de craquer, j'essayais de me retenir difficilement pour cacher ma détresse.

Sonia enchaîna :

- Si c'est que ça qui te tracasse, j'ai entre-temps trouvé la solution pour ton hébergement.
- Figure-toi que mon père, qui possède un hôtel-restaurant pas loin d'ici, est d'accord pour t'héberger.
- Il m'a même dit qu'il pourrait t'embaucher par intermittence pour que tu puisses te faire un peu d'argent.
- À vrai dire, mon père n'est pas aussi généreux d'habitude, je le soupçonne d'avoir une idée derrière la tête.
- Va-t-il te proposer un mariage avec sa fille (rires) ou alors pour discuter avec toi de sa nostalgie du pays.

- Seule condition, pas de filles dans la chambre, il est assez strict sur le sujet
- Sonia, je ne sais pas comment te remercier pour tout ce que tu fais pour moi.
- Il va falloir que tu me parles un peu du caractère de ton père, je n'ai vraiment pas envie de le décevoir.
- Bien, c'est aussi simple, tu n'as qu'à lui parler du pays, de ton projet de mariage par exemple (rire) !
- Au fait Sonia, tu as des frères et sœurs ?
- Non, je suis une fille unique, je suis la prunelle des yeux de mon papa comme il me le ressasse à chaque occasion.
- Et toi, tu es marié, fiancé ?

À vrai dire, cette question de Sonia m'incommodait.

Dois-je lui dire mon amour pour Madeleine ou lui mentir par l'incertitude qui s'est installée entre elle et moi.

- Ni marié ni fiancé, lui dis-je
- Je te préviens, tu es une proie idéale pour mon père, tu es instruit, originaire de son pays et je parie même qu'il va te questionner à propos de ta famille.
- Mon père est un vrai conservateur qui cherche un bon parti pour sa fille unique comme au siècle dernier.

Le lendemain, je suis donc parti rencontrer mon bienfaiteur, le père de Sonia.

Un hôtel avec un grand restaurant au rez-de-chaussée et des petites salles attenantes réservées aux clients en famille, le tout subtilement décoré à l'Oriental.

Il m'accueillait chaleureusement, il avait l'allure d'un militaire et imposant par sa stature, j'allais vers lui avec appréhension.

Je lui ai exposé mes ennuis, mais il semblait déjà être au courant, car Sonia a dû lui expliquer mon cas.

Il me proposa gracieusement une chambre dans son hôtel ainsi qu'un travail rémunéré selon mes heures de disponibilité par rapport à mes cours à la faculté.

Probablement par honnêteté, il me précisa qu'il s'agirait là de menus travaux dans l'hôtel et le restaurant, comme réceptionniste à l'hôtel ou l'accueil des clients dans le restaurant.

Je ne cessais de le remercier tout au long de notre entrevue, tant j'étais heureux de sa proposition généreuse, je vais enfin pouvoir faire face à mes besoins.

J'ai emménagé le soir même dans ma nouvelle chambre d'hôtel. J'ai remis également au père de Sonia un planning des jours et heures de disponibilité de la faculté afin qu'il puisse prévoir le travail qu'il me confiera.

Une chambre bien confortable et calme mieux que le brouhaha des étudiants de la cité universitaire.

Madeleine ne cesse de me hanter à tout instant, je n'arrive pas à me défaire de cette obsession.

J'ai beau essayer de me faire une raison, mais notre histoire d'amour de l'adolescence à l'âge adulte ne pouvait se finir ainsi.

Par moments, je sentais le désir de me confier à quelqu'un pour soulager ma peine.

La seule personne nouvellement proche de moi, c'était Sonia, mais comment le lui demander alors que je lui affirmais, quelques jours avant, que je ne fusse ni fiancé ni marié.

C'est alors que je me suis dirigé vers le psychologue de l'université afin d'alléger ma souffrance.

La première démarche du psychologue était de détricoter mon histoire, disait-il.

Après un bref historique de Madeleine et moi-même, il me posa deux questions :

– Quelles sont les raisons qui vous chagrinent le plus ?

Et expliquez-moi pourquoi elles vous chagrinent.

Relater mon histoire intime avec Madeleine n'était pas chose facile, mais il le fallait !

– Ce qui me désespère c'est que pendant plus d'un mois, je me rendais matin et soir au chevet de Madeleine à l'hôpital comme suite à son coma lors d'un accident de moto et, le seul jour où elle s'est momentanément réveillée, c'est le nom d'Olivier, un autre homme que moi qu'elle réclamait.

– Et qui était cet homme ?

– L'homme à la moto qui était la cause de son coma justement

– Quoi d'autre ?

– Une semaine après, Madeleine est sortie de l'hôpital pour suivre un traitement chez elle.

– Pris de remords pour l'avoir quitté précipitamment de l'hôpital, je suis allé la revoir dans le domicile familial et là, je trouve encore ce même homme, promenant Madeleine dans un fauteuil dans les allées de sa résidence.

– Cet Olivier a-t-il un lien de parenté avec Madeleine ?

– Il est probablement de sa famille, c'est sa grand-mère qui a été à l'origine de son rapprochement avec Madeleine.

– Bon, c'est tout pour aujourd'hui, je vous reverrai donc la semaine prochaine, même jour, même heure.

En sortant de chez le psychologue, je suis resté sur un sentiment mitigé, je m'attendais à être réconforté, or ce dernier se contenta de me poser de simples questions qui ne m'avaient apporté rien de plus.

Je pense que si je me confiai à Sonia je serais davantage écouté et soulagé ainsi de ce fardeau.

Entre Sonia et moi, cela est devenu un rituel, une demi-heure avant les cours, nous nous retrouvions à la cafétéria.

C'était une initiative de Sonia et cela ne me déplaisait pas d'entamer la journée avec cette belle et jolie fille enthousiaste.

Ce matin, j'ai failli entamer le récit de mes déboires amoureux avec Madeleine.

- À propos de ton surnom Caramel, je ne sais pas qui te l'a donné, mais je préfère t'appeler Kamel, de ton vrai prénom.
- Je suis d'accord Sonia
- Je te trouve toujours une triste mine, pourtant le problème d'hébergement a été résolu non
- Oui, je te remercie d'ailleurs une nouvelle fois, car sans toi j'étais dans une sacrée galère.
- Des soucis de cœur peut-être ?

À cette question de Sonia, j'étais presque disposé à lui raconter mon histoire.

- À vrai dire SONIA, j'ai un autre grand souci

Et puis, d'un seul coup, j'ai pensé que je m'apprêtais à trahir sa confiance en lui affirmant dans le passé que je n'étais ni fiancé ni marié. J'ai aussitôt changé le sujet de ma réponse :

- En fait, j'ai une importante lacune en mathématique, c'est un vrai handicap pour pouvoir suivre mes cours à la faculté.

– Tu es fou Kamel, mais c’est la majorité des étudiants qui en souffrent de cette lacune.

– Mais moi, c’est vraiment catastrophique malgré une mise à niveau avant d’entrer à la faculté.

– Ne t'inquiète pas, la super Sonia est là pour t'aider, le résultat est garanti.

– C'est gentil, mais où, car je n’ai plus ma chambre à la cité universitaire et des cours dans la cafétéria ne seraient pas appropriés.

– Dans ma chambre à l’hôtel de ton père peut-être ?

– Euh, tu n’as visiblement pas reçu la consigne, mon père n’acceptera jamais que des filles montent dans ta chambre et encore moins sa propre fille.

– Au mieux au restaurant, dans une des petites salles familiales avec la bénédiction de mon père.

– Je pense qu’il acceptera d’autant qu’il t’apprécie et te fait confiance.

– Je ne sais d’ailleurs pas si c’est pour ton travail sérieux ou une autre raison.

– Il a appris que tu étais d’une famille de son propre village au pays et qu’il avait même été à l’école avec ton oncle.

– Kamel, on s’oublie là, c’est l’heure des cours.

– On n’aura pas cours demain, je passerais voir mon père vers quinze heures, tâche d’être là.

Après un tendre bisou sur la joue, plus long que d'habitude, Sonia se dirigea vers la salle des cours et moi de même.

Le soir, en rentrant à l'hôtel, le père de Sonia m'interpella :

Serais-tu un cachottier, pourquoi ne m'as-tu pas dit que tu étais natif de la même ville ?

- En fait, je suis né dans un village de la périphérie et j'avais juste fait mes études dans cette ville.
- Justement, figure-toi que je connais bien ton oncle, nous avions fait l'école préparatoire ensemble.

En fait, je ne m'attendais pas à une telle révélation.

Après coup, je me suis souvenu de ce que disait Sonia à propos de son père : serais-je le bon parti que chercherait son père pour me marier à sa fille ?

Je finissais mon travail à quinze heures, et comme prévu, Sonia venait d'arriver.

Curieusement, elle me serre la main au lieu du traditionnel bisou, ce qui m'interpella, alors que celui qu'elle m'avait fait en partant de la cafétéria, je sens encore sa douceur sur mes lèvres.

- Sonia a réussi à persuader son père, mais à une condition disait-il :
- Oui, mais avant l'arrivée des clients et surtout ne faites pas des bêtises !

Nous nous sommes rendus tous les deux dans une petite salle jouxtant la grande salle du restaurant.

Avant de commencer les révisions mathématiques, je me posais la question, pourquoi Sonia m'a-t-elle serré la main au lieu de m'embrasser ?

- Mais pour te punir, voyons !
- Me punir de quoi ?
- Non, je plaisante, en fait c'était juste par respect de mon père.
- Dans son conservatisme extrême, lorsqu'un garçon embrasse une fille, il doit être officiellement son fiancé ou son mari.
- Mon père vit depuis d'années en France, mais il reste attaché à des traditions archaïques.
- Mais, rassure-toi, j'arrive à lui faire changer d'avis assez souvent.

Nous nous assaillons l'un en face de l'autre, un livre de mathématiques et un classeur des cours déposés au bon milieu de la table.

Sonia assez méthodique me demanda d'abord mes principales lacunes en mathématique, puis enchaîna les explications sur les équations qui me posaient problème.

Au bout d'un quart d'heure, je sentais, sous la table, son pied légèrement accolé au mien.

Je ne savais pas si cela était volontaire ou accidentel.

C’est seulement quand Sonia joignait à nouveau ses deux jambes autour de mon pied en y ajoutant un regard attendri que j’ai compris son message.

À ce moment, le père entra inopportunément dans la salle.

– Vous venez déjeuner, nous dit-il

Nous avions déjeuné ensemble, un menu digne de la maison, et pour cause c’était le patron !

Après le déjeuner, je suis monté dans la chambre et Sonia a repris le chemin du retour.

Aussi loufoque que cela puisse paraître, le jeu de jambes sous la table que vient de faire Sonia me rappela celui avec Madeleine.

C’était à ces petits jeux que nous nous livrions dès lors que nous fûmes à table, un peu plus intensément, car c’était de véritables chorégraphies de jambes.

Cela était aussi un déclic pour penser à Madeleine.

Je me disais qu’il fallait peut-être reposer paisiblement la question.

Après tout me dis-je que Madeleine ait accompagné Olivier sur sa moto, qu'elle prononçait son prénom à son réveil du coma et le fait de le voir pousser son fauteuil roulant. Cela pourrait s’expliquer par d’autres raisons que les miennes probablement sous l’effet de l’émotion et de la jalousie.

Je ne pouvais renoncer à l’amour de Madeleine que nous entretenions depuis notre jeune âge à ces seuls prétextes.

Lui écrire serait-elle assez lucide pour me répondre ?

La grand-mère, sachant son opposition viscérale à notre amour, lui remettra-t-elle ma lettre puisque c'est chez elle qu'elle est hébergée ?

Reste l'idée de lui rendre visite, mais la grand-mère m'avait bien prévenu la toute dernière fois :

Si tu reviens encore, je te ferai dévorer par mes chiens !

Une menace, bien que décourageante, l'enjeu était si important que j'ai décidé d'y aller quand même.

Mon projet était que si je ne pouvais contacter Madeleine, je tentais de la revoir même au travers de la grille de la résidence.

J'espérais aussi, rencontrer sa mère à sa sortie éventuelle de la résidence, car elle n'était pas opposée à notre amour.

Bien que rien ne fût certain, je suis parti comme prévu au domicile de Madeleine.

Je faisais le guet pour voir Madeleine ou sa mère et après deux heures passées mes espoirs se sont évanouis.

Avant même de repartir, j'étais accosté par des policiers m'intimant l'ordre de monter dans leur véhicule.

J'ai beau leur demander le pourquoi de cette arrestation, le policier qui paraissait être le chef me dit simplement que je le saurais une fois au commissariat.

En fait, la grand-mère de Madeleine avait téléphoné au commissariat pour lui signaler un suspect qui tente de rentrer dans sa résidence.

Après leur avoir expliqué, les policiers m'ont fait signer une déclaration, je suis sorti du commissariat et me suis dirigé vers la gare pour revenir chez moi à Marseille.

Chapitre VII

Comme prévu, Sonia me rejoignait pour mes cours de mathématiques.

La partie des cours, c'est déroulé comme d'habitude, cependant, je me sentais attiré par Sonia, et je n'ai cessé de la caresser du regard.

Suis-je sur le point de trahir la promesse de fidélité envers Madeleine ?

Sonia m'aidera-t-elle pour cela.

Effectivement, après le jeu des jambes sous la table, elle me prit les mains, se pencha vers moi et me fit un baiser sur les lèvres.

La sensation n'était pas aussi intense qu'avec Madeleine, mais aussi agréable ; je ressens encore la douceur sur mes lèvres.

J'avais envie de prolonger la scène, mais son père pouvait nous surprendre à tout moment.

À la fin des cours et en l'absence de son père, nous ne nous sommes pas séparés, nous sommes repartis ensemble vers la brasserie du coin.

Une fois attablée, Sonia a été rejointe par deux amies qui étaient déjà là.

Elle me présenta à elles sous une forme assez particulière, je n'étais plus un copain de la faculté, mais un fiancé.

Une des filles l'interpella :

- C'est un Italien ?
- Pourquoi me demandes-tu ça ?
- Ton nouveau fiancé est beau comme un Italien !
- Prends garde, Sophie, c'est une chasse gardée, lui dit Sonia en riant.

La deuxième fille enchaîna :

- Vous vous êtes connus à la faculté ?
- Pas du tout, nous nous aimons depuis l'adolescence
- Et pourquoi tu ne nous avais jamais parlé de lui ?
- Par ce que vous êtes toutes les deux des dévoreuses d'hommes

Les deux filles éclatèrent de rire, mais un peu moins pour moi.

En effet, quand Sonia me présenta comme son amoureux d'adolescence, j'étais un peu désorienté par une telle déclaration de sa part, car seule Madeleine est et restera toujours mon amour.

Bien que Sonia ait été aussi jolie, voire plus belle que Madeleine, mon attirance vers elle n'était que charnelle.

La promesse de Madeleine résonna subitement dans ma tête pour me rappeler à l'ordre :

S'il te plaît, prends soin de notre amour, garde-le dans ton cœur comme je l'ai gardé dans le mien, scelle-le comme dans un coffre-fort et ne perds pas la clé.

Ce qui veut tout dire !

Je craignais que ma relation avec Sonia ne prenne une tournure sentimentale, j'ai donc décidé de lui parler de Madeleine.

- Sonia, pourquoi nous as-tu présentés comme des amoureux depuis l'adolescence ?
- En fait, c'était une simple réponse pour épater mes amies.
- À vrai dire Sonia, j'ai omis de te dire que Madeleine et moi nous nous aimions depuis notre enfance, j'avais menti en te disant la dernière fois que je n'étais ni fiancé ni marié et je le regrette sincèrement.
- Je traverse en ce moment d'énormes problèmes la concernant et j'ai vraiment envie d'avoir quelqu'un pour me confier à lui.
- Accepterais-tu d'être ma confidente ?
- Oui, à condition que tu acceptes d'emblée que je te dise un avis même contraire à tes souhaits.
- Oui Sonia
- J'avais déjà remarqué ton angoisse et cela ne semblait pas concerner que tes problèmes d'hébergement.
- J'avais remarqué ta tristesse quand tu étais attablé seul dans un recoin de la cafeteria de la faculté.

– Tu étais pourtant beau, serein et enthousiaste pour faire une telle tête d'enterrement

– Cela ne pouvait pas être que tes problèmes d'hébergement et encore moins ceux de tes lacunes en mathématiques.

– J'avais le sentiment que c'était des problèmes de cœur, car j'avais subi bien qu'il y a deux ans de cela, les mêmes souffrances que toi.

– J'avais trouvé chez mes deux amies l'écoute et les conseils nécessaires et grâce à elles, j'avais compris, qu'a notre jeune âge, la vie était devant nous et non dernière nous.

– Donc je suis prêt à t'écouter

– Vas-y, raconte-moi tes déboires amoureux ?

Je lui racontais les entraves à mon amour pour Madeleine, son coma, l'opposition viscérale de la grand-mère, le rapprochement avec le jeune Olivier et surtout mon doute pertinent qu'elle avait choisi un autre homme que moi.

– Qui est Oliver ?

– Ce que je sais c'est qu'il est le fils de sa tante. Il habite dans la même résidence que Madeleine.

– C'est sur sa moto que Madeleine avait été accidentée, elle est dans un coma depuis.

– Et pourquoi penses-tu qu'il te remplace ?

– D'abord quand Madeleine s'était réveillée de son coma c'était Olivier qu'elle réclamait et pas moi.

– Pendant sa convalescence chez elle, c'est encore cet Olivier qui la promenait en poussant son fauteuil, dans les allées de la résidence.

– C'est la grand-mère qui l'incite à se rapprocher de Madeleine, car elle voulait à tout prix empêcher notre union.

– Est-elle toujours dans le coma ?

– À vrai dire, je ne le sais pas, j'avais tenté de la revoir chez elle en vain.

– Pas de lettre non plus ?

– Non, car elle n'avait pas mon adresse en France.

– Kamel, aussi triste que paraisse ton histoire amoureuse, il faut te rendre à l'évidence :

– L'amour d'enfance est précoce à cet âge, beaucoup de choses peuvent changer, une fois adulte.

– Ton histoire ressemble à la mienne et c'est inconsciemment que je t'avais présenté comme mon amour d'adolescence à mes copines.

– J'avais connu un jeune au collège et notre amour semblait immuable jusqu'à l'âge adulte.

– Puis nous commencions à nous embrouiller.

– Notre amour était probablement devenu moins intense qu'il y a cinq ans et nous nous étions séparés dans la douleur.

– S’ajoutait à cela un conflit confessionnel entre nos parents qui n’avaient fait qu’aggraver la situation.

– Donc, tu dois comprendre que ton cas est vraiment commun et que notre idéal juvénile subirait les aléas dans la vie que nous escomptions.

– Tu as souffert, tu souffres et tu souffriras encore, mais il faut faire table rase du passé et entamer une nouvelle vie.

– Sonia, cela avait-il été facile pour toi de renoncer à ton amour. ?

– Par dépit, je fréquentais volontairement d’autres garçons pour noyer mon chagrin et cela n’était pas le bon choix.

– Maintenant, je suis plutôt sereine et j’entame la vie avec optimisme.

J’écoutais attentivement Sonia, à la fois soulagé et conforté, je n'étais donc pas le seul, à endurer l'épreuve.

Chapitre VIII

Le lendemain, en sortant de la faculté, Sonia vient vers moi toute belle et souriante.

- Alors Kamel, ça va mieux après ta confesse ?
- En tout cas, bien mieux qu'avant.
- Tu travailles ce samedi ou c'est ton jour de repos ?
- Non, ton père m'avait dispensé de travailler ce week-end.
- C'est génial, on va pouvoir noyer ton chagrin, qu'en penses-tu ?
- Bonne idée, faire quoi par exemple ?
- Écoute, c'est l'anniversaire de ma copine, l'une de celle que tu as déjà vue.
- Elle nous invite tous les deux à une soirée chez elle.
- Tous les deux ?
- Eh bien oui ! Tu es bien l'amour de mon adolescence non, me dit-elle en riant.
- D'accord, mais je te prévins, je suis peu loquace dans ce genre de soirée.
- T'inquiètes Kamel !
- Puis-je aller comme je suis habillé maintenant ?

– Évidemment, nous n’allons pas au bal de Cendrillon

Le samedi venu, nous nous sommes rencontrés à la même brasserie que la dernière fois.

Des couples d’amis étaient également là.

Après les traditionnelles présentations, nous avions trinqué en l’honneur de la fille qui célébrer son anniversaire.

En regagnant les voitures, Sonia me chuchota à l’oreille le prénom, de celle qui nous avait invités.

Une fois sur les lieux, en pénétrant dans le logement, c’était un agencement digne d’un vrai dancing : la piste de dance dans le salon, des tables et des chaises au tour, une chaîne stéréo en face de la piste, un buffet campagnard et des boissons dans une chambre jouxtant le grand salon et sur le mur un bon anniversaire, écrit en grandes lettres.

Les noms et prénoms des convives étaient posés méticuleusement sur chaque table.

Sonia avait repéré la table qui nous est destinée, elle prit ma main pour aller s’asseoir.

Sonia et moi étions côte à côte cette fois-ci.

En face de nous, un couple de jeunes qui flirtait languissamment.

Tout un chacun se levait spontanément de la table pour se diriger vers le buffet.

Des allers et retours, chacun des convives, tenaient une assiette remplie de toasts et un verre à la main.

Sonia me prit à nouveau la main pour aller au buffet.

C'est Sonia qui composa mon assiette avant la sienne, je lui disais en plaisantant :

- Mais c'est que des toasts de porc ?
- Oui, là c'est un bon saucisson d'Auvergne et les réputées saucisses d'Alsace ici.
- Tu en veux ? Me dit-elle avec un air coquin.
- Beurk, je lui réponds, en sachant qu'elle savait d'emblée que je ne consomme pas de porc.
- Vodka, Sangria ou whisky me dit-elle ?
- Quelque chose, sans alcool, s'il te plaît.
- Tu es fou, tu vas être le seul lucide parmi les convives !
- Ben oui, mais, je m'enivrerai autrement !
- Comment ça explique ?
- Être en ta compagnie, côte à côte, jambe contre jambe, admirant ta sublime beauté ne saurait-il pas mieux pour m'enivrer !
- Waouh !
- Allez, viens !

Nous rejoignions notre table, Sonia posa les deux assiettes, m'enlaça et me fit deux langoureux baisers successifs.

Ma subite excitation sensuelle était à son comble.

Je l'ai reprise à mon tour dans mes bras, corps contre corps, lèvres contre lèvres, je l'embrasse sous le regard de nos compagnons de table qui d'ailleurs, ne retardèrent pas à nous imiter.

- Le bal est ouvert, crièrent deux jeunes filles entrelacées comme homme et femme sur la piste de dance.

Commence alors un slow, la seule dance que je puisse faire sans marcher sur les pieds de ma cavalière, dance apprise avec Madeleine.

- Tu n'as rien bu, je te cherche un verre ?
- Une sangria par exemple, ce n'est pas trop alcoolisé, tu devrais essayer
- Sonia, je n'ai jamais pris d'alcool, veux-tu me saouler ?
- Ne t'inquiète pas, je veillerais sur toi
- Au cas où tu deviendrais ivre, je saurais te dessoûler avec des baisers
- Alors c'est d'accord ?
- Entre la tentation de goûter à l'alcool et la promesse des baisers, j'opte pour les deux.
- Gourmand, va !

Alors qu'elle était partie me chercher un verre de sangria, j'attendais impatiemment une seconde dance de slow pour l'inviter dès son retour.

Sonia nous apporta donc deux verres de sangria.

Avec hésitation, je goûtais à mon premier verre d'alcool.

– Alors, qu'en penses-tu ?

– Bon, super-bon même

Nous restions attablés, en sirotant nos verres avec de temps à autre un baiser.

J'étais plus rapide à finir le verre de sangria, avant même que Sonia ne finisse le sien.

– On dirait que la sangria te plaît ?

– Je ne pensais pas que c'était aussi bon

– On en reprend ?

– Oui, pourquoi pas.

Sonia est revenue avec deux autres verres de sangria.

Elle me conseilla de boire doucement mon verre, car le premier, je l'avais bu comme une limonade.

La dance de slow attendue vient de commencer, nous nous dirigeâmes tous les deux, bras dessus bras dessous vers la piste de dance.

Le corps de Sonia était aussi près du mien que je ne cessais de l'enlacer et l'embrasser sur ses lèvres sensuelles, je sentais contre mon corps ses atouts les plus désirables dont tout homme raffolait.

Je ne sais pas si c'est l'effet de la sangria, je me sentais plus entreprenant que d'habitude.

En regagnant nos places, j'aperçus des banquettes sur lesquelles de jeunes couples s'émoustillaient.

– Et si nous changions de place, Sonia ?

– Pourquoi te sens-tu éreinter par l'alcool ?

– Non, mais en manque de quelque chose

– Explique

– Toute à l'heure, en dansant, lorsque nos corps fusionnaient, je sentais un tel bonheur que je souhaiterai le revivre.

Sans dire un mot, Sonia me prit par le bras pour rejoindre les banquettes.

À peine assis, nous étions rejoints par la jeune fille, maîtresse des lieux.

Sonia se leva et lui chuchota quelque chose à l'oreille.

Quelques minutes après, la jeune fille revient avec dans sa main ce qui semblait être une clé.

Elle lui remit discrètement la clé en désignant du doigt une chambre adjacente.

Nous étions ressortis de la chambre le lendemain matin, la jeune fille, avec un air groggy, était venue nous réveiller.

Depuis notre mémorable soirée chez la copine, Sonia et moi nous nous rencontrions chaque matin à la faculté avant les cours.

Pour échapper à l'indiscrétion dans la traditionnelle cafeteria, nous allions dans une autre brasserie à proximité.

C'est devenu notre rituel du matin.

Tout juste deux jours après, profitant de l'absence de ses parents partis en vacances, Sonia avait prévu une surprise, me dit-elle.

J'avais tenté de savoir un peu plus, mais Sonia était intraitable :

– Une surprise c'est une surprise, si je te la révèle, c'en est plus une !

– D'accord, mais tu pourrais me dire au moins le genre de surprise ?

– Est-ce un spectacle, un concert de musique ou un cinéma par exemple ?

– Inutile d'insister, je ne te le dirais pas, mon chéri !

C'est la première fois que Sonia m'appelle Mon Chéri, une appellation qui m'interpelle, car, jusqu'à ce jour, seule Madeleine m'appelait ainsi.

En rentrant dans ma chambre à l'hôtel, le père de Sonia, debout devant la devanture de l'hôtel-restaurant, me fit signe de le rejoindre.

Je paniquais avant même de le retrouver ; je craignais qu'il me dispute à propos de la soirée passée avec sa fille.

En lui serrant la main, il avait l'air d'être plutôt paisible.

– Je m'absente pour deux jours cette semaine, je compte sur toi, non seulement pour faire ton travail, mais aussi avoir l'œil sur le personnel du restaurant.

– Oui Monsieur Ahmed

– Tes cours à la faculté, ça se passe plutôt bien dixit Sonia ?

– Oui, Monsieur

– C'est bien grâce à elle que j'ai comblé mes lacunes en mathématiques.

– Sonia m'avait demandé que toi et d'autres de ses collègues de cours allassiez venir à la maison pour que vous puissiez préparer vos contrôles du semestre.

– Oui, c'est vrai, elle me l'a dit.

– Je vous autorise, mais attention, pas de désordres dans la maison !

– Promit Monsieur Ahmed.

Un ouf de soulagement, car je m'attendais à autre chose.

Après la révélation du père, j'ai supputé que c'était ça la surprise que Sonia ne voulait pas me dévoiler.

Mais pourquoi invite-t-elle des amies ?

J'aurais aimé un autre plan, être seul avec elle par exemple, comme la dernière fois, dans la chambre de son amie, mais dans la sienne cette fois pour revivre cette mémorable soirée.

Chapitre IX

Alors que Sonia et moi étions à la brasserie habituelle, un lieu idéal pour nous cajoler, je vois soudain Gabriel l'ami et frère de Madeleine franchir la porte de la brasserie et venir droit vers nous.

Nous étions attablés, serrés l'un contre l'autre, comme des amoureux à l'aube de leur rencontre, cette scène n'échappa pas à Gabriel.

Instinctivement, je me suis écarté de Sonia, étonnée, je pense qu'elle se posait la question sur mon geste.

Venir de Toulon distante d'une centaine de kilomètres, me trouvait précisément dans cette brasserie qu'il ne connaissait pas.

Le plus inquiétant, c'est surtout le fait de me trouver dans une position équivoque avec Sonia, rapportée à Madeleine, ce sera le coup de grâce à notre amour.

Comme de coutume, je m'apprêtais à l'embrasser, il se retira en me tendant la main.

Je voulais lui présenter Sonia comme une collègue de la faculté, afin de dédramatiser la situation, mais Gabriel, avec dédain, s'éloigna carrément de la table où nous étions assis.

Il me fit signe de le rejoindre à l'extérieur de la brasserie. C'était un colosse et je redoutais un hypothétique duel d'honneur.

Nous avions pris place dans sa voiture garée à proximité.

C'est alors qu'il s'était mis à hurler carrément.

– Est-ce que tu sais au moins pourquoi je suis venu ?

– C'est à propos de Madeleine, je suppose.

– Oui, et je suis vraiment étonné que tu ne répondes pas à ses lettres et encore plus par la scène que je viens de voir avec cette autre fille.

– Tu étais censé être à la faculté et c'est là que je te retrouve en compagnie d'une fille.

– Gabriel, je vais te dire franchement et sans détour ;

– Madeleine est, sera et restera la propriétaire exclusive de mon cœur, même si mon corps se laissa tenter par les plaisirs de la chair comme avec Sonia.

– Tu te moques de moi, Kamel ?

– Alors que Madeleine est en train de remuer ciel et terre pour te retrouver, toi, tu es là, traîtreusement à flirter avec une autre fille.

– Pourquoi ne lui as-tu pas répondu à ses lettres et même pas à la mienne d'ailleurs ?

– Attends, je n'ai reçu aucune lettre ni de Madeleine ni de toi.

– Mais à quelle adresse aviez-vous envoyé vos lettres ?

– À la faculté, en indiquant le numéro de ta chambre, les lettres sont toutes revenues, raison pour laquelle je suis là.

– En désespoir de cause, Madeleine pensant que tu étais revenu au pays, elle t'avait envoyé d'autres lettres chez tes parents.

– Gabriel, tu vas me croire ou pas, mais je n'ai reçu aucune lettre

– Tu te moques de nouveau de moi, Kamel

– Non, sérieusement, et je pense savoir pourquoi celles adressées à la faculté vous ont été retournées avec la mention inconnue.

– Car je n'habitais plus dans la chambre de la faculté et le secrétariat a dû vous les renvoyer.

– Bref, comment va Madeleine ?

– Je ne sais pas

– Sais-tu ce qu'elle m'avait écrit ?

– Kamel, je ne te savais pas imbécile à ce point.

– Tu peux au moins me dire si elle est guérie ?

– Tu te débrouilles, ce n'est pas mon affaire

– Descends de la voiture s'il te plaît, je suis pressé

– Mais Gabriel ?

– Descends s'il te plaît

– Donne-moi au moins ton numéro de téléphone ou celui de Madeleine ?

Il prit de sa poche une carte visite, la déposa sur le tableau de bord côté conducteur sans dire un mot.

Aussitôt descendu de sa voiture, il repartit sans faire le moindre signe d'un au revoir.

Je suis resté sur le trottoir, ruminant tout ce qu'il vient de me dire, cet ami d'enfance qui était toujours à mes côtés pour me défendre.

La seule chose qui me vint subitement à l'esprit est que si Madeleine m'avait écrit, c'est qu'elle est sûrement guérie.

Mes doutes se dissipent peu à peu et l'espoir renaît naturellement sauf que je ne cessais de m'interroger : que m'a-t-elle écrit ?

En rejoignant la table de la brasserie, Sonia n'était plus là, partie probablement à son cours, moi, il était assez tard pour y aller.

Le lendemain, je me rends à la brasserie. Sonia n'était pas là comme chaque matin.

Je suis reparti à la cafeteria de la faculté, elle était là.

- Je ne t'ai pas trouvée à la brasserie, y a-t-il un problème ?
- À quoi ça sert, puisque l'on nous épie même dans ce coin discret.
- Qui était cet homme venu nous importuner hier ?
- C'était un ami d'enfance et le frère de Madeleine
- Il n'avait pas à nous faire son cinéma, tu n'es pas marié avec sa sœur que je sache.

Difficile de lui répondre, j'ai juste fait une mine de désolation.

J'ai eu le sentiment que Sonia m'en voulait, je redoutais de la voir s'éloigner de moi.

C'était l'heure des cours, je l'embrasse sur la joue et m'apprêtais à partir.

- Dis donc, c'est quoi cette manière de m'embrasser ?
- Ben, nous ne sommes pas dans notre coin intime à voir tout ce monde autour

Elle se leva, me prit par les hanches et m'embrassa langoureusement sur mes lèvres, puis ajouta :

- Nous nous reverrons comme d'habitude après les cours ?
- Sûrement Sonia, lui dis-je.

Un ouf de soulagement, elle ne m'en voulait pas tant que ça.

Nous nous retrouvâmes après les cours, dans notre coin intime de la brasserie, en retrait des autres clients.

- Kamel, on sèche les cours de cet après-midi ?
- Mais Sonia, pourquoi veux-tu sécher les cours ?
- Veux-tu découvrir ma surprise oui ou non ?
- Oui, j'ai même déjà une idée
- Comment ça ?

– Figure-toi que je l'ai apprise de la propre bouche de ton père

– Et c'est quoi ma surprise ?

– Ce n'est plus une surprise, ton père m'a dit que tu allais inviter des collègues et moi à la maison.

– Il t'a dit ça ?

– Ben oui, même qu'il avait ajouté : pas de désordre, sinon tu seras de corvée.

– Tu ne sais pas ce qui peut t'attendre si mon père t'a à la bonne.

– Quoi par exemple ?

– Épouser sa fille évidemment (rires)

Sonia me prend la main et me dit :

– Bon, il est un peu tôt pour rentrer à la maison, mes copines n'arriveront que plus tard.

– Nous allons voir un film, faire quelques courses puis rentrer à la maison.

Trois heures plus tard, nous arrivâmes à la maison de Sonia, un appartement standing digne de son propriétaire.

Sonia me fait le tour de la maison, une grande table dressée au bon milieu du salon couverte d'un drap blanc comme pour cacher son contenu, attire mon attention.

Arrivé à hauteur de sa propre chambre, Sonia me poussa par le dos, m'entraînant jusque sur le lit.

Le temps de regarder ses posters accrochés aux murs comme pour lui rappelait son adolescence, elle m'entraîna aussitôt dans un tourbillon érotique sous la couette.

Deux heures plus tard, nous sortions de sa chambre, Sonia exhibant un corps aux proportions ajustées comme celui dessiné par un artiste peintre.

Elle se dirigea vers la salle de bains en me faisant un petit clin d'œil, comme pour me dire : tu me rejoins ?

– Sonia, tes amies ne sont toujours pas là ?

– Eh bien non.

– Et ça ne t'inquiète pas, qu'elles soient en retard ?

– Que veux-tu que je te dise, ce sont des lâcheuses.

– C'est l'heure du dîner, tu n'as pas faim toi ?

– Si un peu

Nous nous dirigeâmes vers la mystérieuse table couverte d'un drap.

Juste à côté d'elle, une autre table faisait office de bureau, sur laquelle étaient déposés des fascicules de nos cours et un traité de mathématiques.

– Quel mystère y a-t-il sous cette table pour qu'elle soit soigneusement recouverte ?

- Fermes tes yeux et ne les ouvrent pas avant que je ne te le dise d'accord ?
- D'accord.

Quelques instants après, j'ouvre mes yeux et quel étonnement !

La table ne contenait que deux couverts, ornée par deux chandeliers, une nappe au bord de laquelle étaient parsemés des pétales de roses et deux chaises autour.

- Elle est superbe ta décoration, mais où vont s'asseoir tes copines ?
- Bêta, c'est uniquement nous deux, les copines c'était juste un subterfuge pour que mon père nous autorise à venir.

Un super dîner aux chandelles, comme pour des amoureux ou en passe de le devenir.

Sonia déplaça la chaise pour la mettre à côté de la mienne, une bouteille de champagne était dans un seau à glace à portée de main.

- Après la sangria de la dernière fois, tu vas découvrir le champagne, c'est une boisson festive dans les grandes occasions.

Elle me servit ce nectar dans une coupe en cristal bordée d'un filet d'or, la classe.

- Kamel, mon chéri, tu es pardonné cette fois, mais fais attention la prochaine fois

- D’habitude, c’est l’homme qui sert le champagne en prenant soin de ne pas éclabousser la table.
- Désolé Sonia, je ne suis pas habitué à ce genre de protocole, mais je retiendrais la leçon.

C’est la troisième fois que Sonia m’appelle, mon chéri. Serait-ce par simple habitude ou intentionnellement, me dis-je.

Une fois le repas terminé, après deux coupes de champagne j’étais un peu euphorique, mais pas autant que Sonia,elle avait fini le restant de la bouteille.

Sonia me suggéra de rejoindre sa chambre pour être à l’aise et projeter quelques films.

Pourtant, si ce n’est que les films, il y avait dans le salon, un grand téléviseur, une pile de cassettes et un lecteur.

À peine une heure après, nous entendions le bruit d’une clé dans la serrure de la porte d’entrée.

Panique, est-ce les parents qui reviennent plus tôt que prévu ?

Sonia se précipita pour enfiler ses vêtements, je fais de même dans la précipitation.

En un quart de tour, je pensais soudain au rigorisme de son père en matière de relation sexuelle, je m’imaginais devant la potence de monsieur le maire !

Nous nous précipitions vers la table sur laquelle était déposée une pile de fascicules de nos cours de la faculté, l’ingénieuse Sonia avait prévu la parade contre une arrivée impromptue de ses parents.

Étonnamment, personne ne pénètre dans la maison, ce n'était pas ses parents.

C'est seulement un quart d'heure plus tard que la concierge sonna à la porte :

- Bonjour, je viens vous voir pour votre serrure de porte.
- Votre voisin de palier, saoul, s'était trompé de porte et il a dû forcer votre serrure en introduisant celle de son appartement.

Chapitre X

Impatient de lire les lettres de Madeleine, j'ai envoyé un télégramme à ma mère pour lui demander de me les réexpédier.

Une semaine durant, aucun courrier ne m'était parvenu, pourtant cette fois, j'avais indiqué l'adresse de ma chambre d'hôtel et non pas celle de la faculté.

Par déduction, si Madeleine m'avait écrit dixit son frère Gabriel, c'est qu'elle est guérie, à tout le moins, reprit connaissance.

Une chance peut-être de la rencontrer chez sa grand-mère.

J'ai décidé de retourner chez la grand-mère quitte à l'affronter de face et lui dire mes quatre vérités.

Si Madeleine est dans la résidence et qu'elle eut vent de ma visite, elle n'est pas le genre à se laisser faire, elle affrontera la grand-mère si celle-ci l'empêche de me rencontrer.

En arrivant sur les lieux, j'ai sonné à la porte de la résidence et attendu que quelqu'un vienne.

J'ai vu une fenêtre à l'étage entrebâillée, mais personne n'est descendu pour m'ouvrir.

J'ai sonné à nouveau. C'est alors que vint à ma rencontre la tante de Madeleine.

– Bonjour, que voulez-vous ?

– Je suis l'ami d'enfance de Madeleine et je viens pour la revoir si possible.

– Je vous reconnais, c'est vous qui étiez à l'hôpital ?

– Oui

– Madeleine n'habite plus ici

– Et saviez-vous où elle a déménagé ?

– À paris, avec son mari

– Avec son mari dites-vous ?

– Oui, il vaut mieux pour vous de l'oublier et cesser de la harceler.

– Mais c'est mon droit de revoir mon amie d'enfance et surtout après son malheureux accident.

– Ami d'enfance ou amoureux, je vous dis de l'oublier.

– C'est du passé, on en parle plus

Aussi acerbe que la grand-mère, à la voir insister, je subodore que le mari en question n'est autre que son fils Olivier.

Madeleine, l'amour de ma vie, l'espoir de notre bonheur rêvé vient de s'effondrer, elle s'est mariée à un autre que moi.

Un coup de massue qui m'ébranle, mon espoir s'envole, la douleur s'accentue, mon désespoir aussi.

En repartant, j'étais tellement étourdi que j'ai raté mon train, failli me faire écraser, à deux reprises.

En arrivant dans ma chambre, j'ai fermé la porte à clé, je n'ai jamais pleuré et broyé du noir autant sur mon sort toute la nuit jusqu'à l'aube.

Le lendemain, je partais pour Paris, un voyage inspiré par désarroi plus que par conscience.

Autrefois, Madeleine aimait voir les films d'horreur, je me disais que peut-être je la reverrais à l'entrée ou à la sortie d'une salle de cinéma.

J'oubliais que Paris, n'était pas si petit que mon village, pour la retrouver facilement.

En arrivant à Paris, je partis immédiatement acheter le magasin des films projetés dans les salles de cinéma.

J'avais repéré le film « Psychose » d'Alfred Hitchcock qui passait dans une salle à l'Opéra. Je me suis rendu à la première séance de l'après-midi, pas de Madeleine, ni à celle du soir non plus.

Je me suis rendu compte de mon idée ridicule et repris le train de retour le soir même.

Je ressassais toujours la même question : ne m'aime-t-elle plus ou y a-t-il une autre raison ?

La source ultime de savoir, était de récupérer les lettres de Madeleine.

Je n'attendrai pas davantage que ma mère me les transmet.

Il restait une semaine avant les vacances scolaires, peu importe, je partirai avant d'autant que mes résultats étaient des plus médiocres.

J'ai revu Sonia dans notre brasserie habituelle avant de partir.

Mon état lui semblait critique, jamais elle ne m'a vu, dans un tel état disait-elle.

Je lui ai fait part de ma décision d'aller au pays pour me reposer, elle approuva sans hésitation, et me proposa de m'accompagner jusqu'à l'aéroport demain.

- Ça ira ou je te raccompagne à l'hôtel ?
- Je veux bien
- En arrivant, je demanderai à mon père de nous accompagner à l'aéroport demain. ; Il le fera, j'en suis certaine.
- Sonia, s'il te plaît, ne t'embarrasse pas par mes soucis
- Ne t'en fais pas Kamel, mon père est grognon, mais il est très serviable, d'autant plus qu'il a de l'estime pour toi.

Sonia a fait un signe au taxi, nous montions sur le siège arrière, elle m'attira vers elle, posa ma tête sur ses genoux et me caressa comme pour consoler un enfant.

Son père était devant la devanture de l'hôtel-restaurant, en nous voyant descendre du taxi, il se dirigea vers nous.

Je voyais en ses yeux une compassion à la vue de ma tête décomposée.

– Ça va Kamel ?

Avant même que je ne lui réponde, Sonia enchaîna :

– Il a eu juste un petit malaise à la faculté, sans gravité, le temps de se reposer dans sa chambre pour partir demain au pays.

– L'aéroport est à quinze kilomètres d'ici, tu comptes aller comment ?

– Je ne sais pas encore monsieur Ahmed.

– Bon, monte dans ta chambre et repose-toi, demain Sonia et moi t'accompagnerons jusqu'à l'aéroport.

Je lisais dans les yeux de Sonia une satisfaction, une réponse affirmative, avant de le lui demander justement.

Monsieur Ahmed est venu dans ma chambre me réveiller.

En descendant au restaurant, Sonia était là devant un somptueux petit-déjeuner, elle ne l'a pas commencé, elle m'attendait.

Son père nous rejoint, nous avons déjeuné ensemble tous les trois.

Monsieur Ahmed donna les quelques consignes aux employés du restaurant et à ceux de l'hôtel, puis on s'est mis en route en direction l'aéroport.

Après m'avoir déposé à la salle de départ, monsieur Ahmed me dit :

– Ne te fais pas des soucis, repose-toi autant de temps que tu voudras.

– Je garderai ta chambre et ton travail le temps qu'il faudra.

– Ah, j'ai oublié de te dire que j'avais repris contact avec ton oncle Abdel, l'ami d'enfance et compagnon d'armes.

– Il m'a supplié de lui rendre visite au pays.

– Tu lui diras que ce sera le mois prochain si Dieu le veut.

Monsieur Ahmed m'a embrassé avant de me dire au revoir alors que d'habitude il me serrait la main.

À l'inverse, Sonia m'embrassa sur les joues plus tôt que le baiser habituel, une façon de soustraire un quelconque doute sur notre relation.

Deux heures d'avion et me voilà de l'autre côté de la Méditerranée.

C'est l'oncle Abdel qui est venu me chercher, ma mère et mon frère l'accompagnaient. Il y avait également une jeune fille, qu'il me semblait la connaître déjà, c'était la fille de l'oncle Abdel.

Serait-ce la cousine prétendument promise, comme le disait ma mère, une tradition qui consiste à choisir, presque dès la naissance, la fille et le garçon à marier.

Pour certains, c'était une façon de faire perdurer le nom de famille, pour d'autres préserver l'héritage dans le clan familial.

Un sourire radieux qui disait long sur ses intentions, connaissant ma mère, la présence de cette jeune fille n'était pas fortuite.

En effet, ma mère connaissait Madeleine, depuis notre jeune âge, que je sois son ami est presque une fierté pour elle, mais épouser Madeleine, elle était viscéralement opposée.

Nous nous sommes rendus directement à la maison de l'oncle Abdel.

Une table et des couverts étaient déjà préparés.

C'était la cousine Nadia qui faisait le service.

Elle ne cessait de me dévisager du regard ; de temps en temps, maman l'appelait, elle lui chuchotait je ne sais quoi à l'oreille.

Est-ce pour mieux faire le service ou des recommandations pour me séduire ?

Après le déjeuner, oncle Abdel nous déposa à notre maison.

Quelques-uns de mes amis de quartier sont venus à ma rencontre avant même que nous n'arrivions à la porte de la maison.

Je n'étais plus l'indigène, ils m'appelaient le petit français, comme si pour un séjour d'un peu plus de deux ans, je le serais devenu.

Arrivé à la maison, je reconnais mes repères, peu de choses ont changé à l'exception des idées de ma mère à propos de mariage.

Le temps de m'installer, ma mère commença son interrogatoire :

- Tu as une mine chagrinée et tu as beaucoup maigri ?
- Qu'est-ce qui se passe mon fils, la France ne te convient pas ?
- Non, maman, les cours à la faculté sont intensifs, ce qui explique ma fatigue passagère.
- Tu as réussi à revoir Madeleine ?
- Non, je l'ai perdu de vue.
- À propos, as-tu reçu des lettres pour moi de sa part ?
- Non, mais de toute façon Madeleine ne t'épousa pas comme tu le souhaites.
- Nous ne sommes pas de la même communauté ni de la même culture.
- Bien que sa famille t'aime, les parents n'accepteront jamais de marier leur fille à un indigène désargenté comme toi.

- Du côté de notre famille, c'est également inconvenant de se marier avec une étrangère même ta meilleure amie d'enfance.
- On s'épouse entre cousins et cousines, au moins, à une famille de ta même origine, des même culture et religion.
- Et puis tu ne vas épouser une handicapée !
- Pourquoi dis-tu ça maman ?
- Tu as lu les lettres de Madeleine, c'est ça ?
- Non mon fils, je n'ai reçu aucune lettre, de Madeleine.
- Et de qui tiens-tu ses sornettes à propos d'une prétendue infirmité de Madeleine ?
- Je l'ai entendu, mais je ne sais plus par qui.
- Maman, es-tu sûr de n'avoir pas reçu des lettres de Madeleine ?
- Non
- Je sais qu'elle m'avait écrit des lettres, tu les as donc cachées, comme la dernière fois ?
- Non mon fils, non

À ce moment, mon frère détourna son regard, comme pour dire qu'il n'était pas complice.

J'ai insisté à nouveau, mais ma mère redonna la même la réponse. Une intime conviction qu'elle les avait bien reçues, qu'elle les avait subtilisés pour deux raisons majeures, la première est que si je me mariais avec Madeleine, je serais à l'étranger et donc loin de cette Maman poule qui veut à tout prix me marier à la forme traditionnelle avec Nadia, ma prétendue promise.

Mon frère m'invita à sortir, prétextant visiter les changements dans le village.

En fait, comme pour ne pas cautionner les dires de la mère, il avoua :

- Maman à bien reçut trois lettres de Madeleine
- La première, elle me l'avait fait lire.
- Madeleine te disait qu'elle était sortie de son coma, que sa maman lui apprit que tu étais à son chevet jour et nuit jusqu'à sa sortie de l'hôpital.
- Qu'elle était actuellement en convalescence dans la résidence de la grand-mère, qu'il lui restait quelques séquelles de son accident, elle t'expliquerait les résultats après ses contrôles médicaux.
- Elle regrettait le comportement absurde de la tante et de la grand-mère à ton égard.
- Les deux dernières lettres, maman ne me les a pas fait lire, elle les avait déchirées avec mauvaise humeur.
- Je n'ai aucune idée de ce qu'elles pouvaient contenir.

J'ai remercié mon frère, j'avais une telle haine à l'égard du comportement de ma mère, je ne voulais pas retourner à la maison de suite.

Je suis parti en quête de mes souvenirs avec Madeleine,

Nos petits coins et recoins secrets, la cabane derrière la maison du garde champêtre, le chemin que nous empruntions pour aller de l'école, l'arrière de la villa de ses parents où nous eûmes nos premiers baisers clandestins.

Je me suis rendu également au grand chêne à la sortie du village, notre cache secrète où nous échangions derrière son tronc, nos plus langoureux baisers sous les chants des oiseaux perchés dans l'arbre, chantant leur saison d'amour aussi.

Je suis rentré plus tard à la maison à reculons.

En arrivant, l'oncle Abdel était là, à côté de ma mère, dans un coin en retrait, ils devisaient ensemble, Nadia était là aussi, à une distance d'eux.

À la réflexion, j'en ai déduit que c'était à propos de mes futures fiançailles avec Nadia.

Et bing ! J'ai embrassé l'oncle Abdel et c'était bien à ce propos puisque ma mère, souriant, dit à mon oncle :

– Voici ton futur beau-fils, mon frère.

– Nadia vient donc dire bonjour à ton cousin !

L'oncle esquissa un sourire, sans aucune autre réplique.

J'avais foi en mon oncle Abdel, qu'il s'opposerait à ce mariage non consenti, car il y a quelques années, il épousa la femme qu'il aimait en bravant ces traditions d'un autre temps.

Nous avions pris une collation ensemble, puis l'oncle, prétextant une visite dans le village, me demanda de l'accompagner.

Il me demanda comment se passait mon séjour en France, le déroulement de mes études et ce que je comptais faire plus tard.

Il m'a également dit que son ami d'enfance, Ahmed, le père de Sonia, lui avait téléphoné à plusieurs reprises, me louant du sérieux et de ta sincérité malgré ton jeune âge.

Il lui avait dit également qu'il m'aiderait sans condition si je devais faire carrière en France.

– À propos de la détermination de ta mère pour des fiançailles avec ma fille Nadia, qu'en penses-tu ?

– Nadia et belle et gentille, pourquoi maman voudrait-elle lui imposer un mariage avec moi alors qu'elle ne me connaît même pas, hormis les lointaines rencontres dans les fêtes familiales.

– Bonne question, ta mère a un siècle de retard sur le sujet, sa mère était mariée par la famille et elle aussi, donc elle ne fait que perdurer une pratique désuète.

– D'ailleurs, quand moi j'avais épousé ma femme sans leur consentement, cela faisait jaser toute la famille !

- Pour ne pas la contrarier, laisse-la faire, elle viendra me demander la main de Nadia avec le protocole traditionnel et des youyous.
- Mais rassure-toi, ce sera un refus, ma fille Nadia n'épousera que l'homme qu'elle choisira.

Puis, il sortit de sa poche une lettre, me disant :

- C'est une lettre pour toi, je pense que c'est de Sonia, la fille d'Ahmed.
- Es-tu fiancé avec Sonia ?
- Non, rien de sérieux.
- Son père prend ça vraiment au sérieux lui.
- Vous lui aviez parlé de votre relation ?
- Moi, non, Sonia, peut-être, mais sincèrement, je ne le pense pas.
- À l'entendre nourrir des projets pour toi, je ne pense pas que ce soit pour ton seul mérite professionnel dans son restaurant.
- Je ne sais d'ailleurs pas pourquoi elle a écrit à l'adresse chez moi
- Je crois que Sonia n'avait pas l'adresse chez mes parents, elle a dû demander ton adresse à son père pour pouvoir m'écrire.

– C’est probablement à propos de nos devoirs à la faculté, car Sonia et moi étudions dans la même faculté.

C’est au tour de mon frère de me rejoindre, je n’ai pas encore lu la lettre de Sonia, je l’ai à peine ouverte, mon frère m’a interrompu.

Mais, il avait une importante révélation à me faire.

Nadia est venue revoir maman à la maison.

Je l’avais entendu dire à notre mère que si tu acceptais de discuter avec elle un jour, cela faciliterait l’éventualité d’un mariage avec toi.

Maman prépare la cérémonie de demande en mariage dans la semaine, ses parents risquent d’accepter sa demande.

– Écoute frère, nous allons laisser maman faire comme elle le veut, mon oncle Abdel n’acceptera pas sa demande, il me l’a promis.

– Oui, mais si c’est Nadia qui le lui demande ?

– Aucun risque, oncle Abdel sait qu’elle est déjà fiancée avec un collègue

– Ah bon, notre mère le connaît ?

– Non, je ne crois pas

– Tu es vraiment verni toi, Madeleine, Sonia et Nadia maintenant, tu comptes constituer, un harem ?

– Non, rien n’est sûr pour aucune d'elles en ce moment, je suis un peu perdu.

- Tu veux que je t'aide ?
- Oui, si tu peux, épouser Nadia, ce sera une de moins
- Rigolo, va !

Mon frère m'a quitté pour rejoindre des amis.

Enfin, je vais pouvoir lire la lettre de Sonia.

Sonia commença sa lettre par un inhabituel, mon chéri.

Bien que j'eusse l'adresse de tes parents, j'ai préféré t'envoyer cette lettre chez ton oncle Abel, il est plus cool.

J'ai quelque chose d'important à te dire, mais ce n'est pas facile de le faire par lettre. J'attendrai donc ton retour.

Gabriel, le frère de Madeleine, est revenu à la brasserie où il nous avait débusqués la dernière fois.

Il m'avait reconnu ; il était moins bougonnant que la dernière fois, il a juste demandé de te voir. Je lui ai dit que tu étais absent, ces jours-ci.

Il m'a alors demandé ton adresse à l'hôtel, je lui réponds, qu'en ce moment tu étais au pays chez tes parents. Il m'a alors demandé la date de ton retour.

Enfin bref, j'espère qu'il n'est pas venu te voir pour une médiation entre toi et Madeleine, car je le tuerais !

Envoie-moi un numéro de téléphone ou je peux te joindre, car j'ai vraiment envie d'entendre ta voix, ou écris-moi si ton séjour se prolonge.

J'ai du mal à dormir dans ma chambre sans sentir ta présence comme la dernière fois, je te veux pour la vie.

J'ai rattrapé mon frère en courant pour lui dire d'intercepter toute lettre provenant de France à mon nom.

En effet, Sonia me disait dans sa lettre que Gabriel lui avait demandé mon adresse et qu'il sait maintenant que je suis actuellement au pays.

Il doit vouloir m'écrire probablement au sujet de Madeleine, je ne voulais pas que ma lettre tombe entre les mains de maman.

Je questionnais presque chaque jour mon frère concernant la réception de cette lettre.

Quand j'étais à la maison, à l'heure de la distribution du courrier, j'allais systématiquement dehors pour attendre le facteur.

J'attendais avec appréhension la lettre que devait m'envoyer Gabriel.

Que va-t-il me dire à propos de Madeleine ?

Que contenait la lettre de Madeleine que ma mère avait détruite ?

Tant de questions, je supputais qu'une bonne ou moins bonne nouvelle allait arriver et cela augmentait mon angoisse.

Ma mère n'a pas renoncé à son obsession de me marier avec la cousine Nadia.

Avec la complicité de la mère de Nadia, elles cherchaient toutes les deux à concrétiser ce mariage.

Elles attendaient le départ en mission de mon oncle Abdel au Sahara ou il y restera une quinzaine de jours environ pour son travail.

Dès son départ, Nadia venait régulièrement à la maison et toujours au moment où j'y étais.

Elle usait de tout son charme pour m'amadouer, il faut dire que Nadia était belle avec un corps de rêve que tant de femmes lui envient et, si mon cœur ne battait que pour Madeleine, j'aurais probablement succombé.

Deux jours plus tard, la lettre de Gabriel est enfin arrivée, c'était une lettre de Madeleine.

J'ai un pressentiment qu'elle ne serait pas de bon augure.

Avant de l'ouvrir, je me suis rendu derrière le tronc du chêne, jadis notre coin secret.

En la lisant, je me suis mis à hurler comme un animal gravement blessé, je cognais à outrance le tronc du chêne.

Les villageois qui nous sermonnaient naguère passaient devant moi avec un air compatissant

Même les oiseaux perchés sur l'arbre ne chantaient plus comme autrefois ; leur silence pesait comme une cérémonie d'enterrement.

Mon frère, ne me voyant pas revenir, m'a rejoint. Comme si je ne croyais pas mes yeux, je lui tendis la lettre en lui demandant de me la lire intelligiblement à haute voix.

Caramel, mon amour éternel

C'est la plus triste des nouvelles, je me marie par dépit.

Ce n'est pas par amour ni par la contrainte de la grand-mère et la mère d'Olivier, je ne voulais pas, je n'acceptais pas de te faire subir mon handicap, une femme à vie dans un fauteuil ce serait te gâcher ta vie.

Ton amour est toujours dans mon cœur verrouillé, tu es et tu seras toujours celui qui détiendra la clé.

C'est le cousin Olivier qui m'épouse comme par charité, lui qui était à l'origine de mon accident, mon handicap et maintenant notre séparation.

Je n'avais et je n'aurais jamais un brin d'amour pour lui.

Ni ma mère, ni mon père, ni Gabriel ne voulaient assister à ce funeste mariage, je les comprends, je les excuse, j'implore leur pardon comme le tien.

Dieu n'a pas voulu de notre bonheur sur cette terre, accepterait-il de nous unir dans son au-delà.

Ma mère, de rage, a quitté la résidence de la grand-mère, elle s'est installée avec Gabriel à Toulon.

Mon père voulait vendre la villa du village, je l'ai supplié de la céder à tes parents, pour que tu gardes les souvenirs de nos premiers baisers.

Adieu mon Caramel.

Mon frère a beau tenter de me consoler, rien n'y fait : il me prit par mes deux mains pour me soulever, puis dans ses bras un bon moment pour ensuite orienter mes pas vers le chemin de la maison.

Nous interrompions notre marche pour pénétrer dans une pharmacie sur notre chemin.

Le pharmacien nous a vendu des calmants pour soulager ma peine.

En arrivant, je me suis isolé dans une chambre, j'ai absorbé des cachets de calmants bien plus que la dose prescrite, j'étais hébété, somnolent, mais mon esprit demeura tourmenté.

J'ai repris des calmants et encore des calmants.

Je me suis réveillé plus tard dans un lit d'hôpital, Nadia était assise sur le bord du lit, esquissant son plus beau sourire.

Elle m'expliqua ce qui s'est passé la veille, mon acheminement d'urgence à l'hôpital et surtout que ma mère était dans un état inquiétant, car elle s'accuse d'être la cause de tes déboires.

Elle me dit aussi que les médecins allaient pratiquer un lavage d'estomac pour nettoyer les toxines dues aux calmants et qu'ils me garderaient encore quelques jours en observation.

En cet état, je n'étais pas suffisamment lucide pour comprendre pourquoi c'est Nadia qui était à mes côtés, mais pas ma mère ou mon frère par exemple.

Nadia est revenue l'après-midi, elle s'était assise sur le bord du lit, à proximité de ma tête cette fois-ci.

Elle mit sa main, presque caressante, sur mon front comme pour mesurer ma température.

Quelqu'un frappa à la porte de la chambre, Nadia s'est aussitôt mise debout.

C'était la psychologue de l'hôpital, elle semblait connaître Nadia, elles se sont embrassées, Nadia est sortie me laissant avec la psychologue.

- Comment allez-vous ?

- Un peu mieux

- Je suis la psychologue de l'hôpital, il n'y a rien de grave, c'est juste une routine, je visite les patients qui avaient eu les problèmes comme vous.

- Je vais donc vous demander quelles étaient les causes de votre dépression.

- Accepteriez-vous d'en parler ?

- Oui, je vous signale cependant que j'ai déjà vu un de vos confrères-psychologues en France.
- Oui et quel a été le résultat ?
- Pas convaincant, je m'attendais à des solutions, tandis que lui se contentait de me poser des questions.
- C'est généralement la procédure, mais cette fois, nous allons chercher une solution ensemble.
- D'accord

Je lui racontais mon histoire avec Madeleine depuis le début jusqu'à son mariage avec un autre homme que moi.

Après une batterie de questions, elle finit par me dire que ce qui m'arrive est assez fréquent parmi ses patients.

Elle m'expliqua que les amours juvéniles, rares sont ceux qui aboutissent comme on le souhaitait. À cet âge, on ne percevait pas encore les vicissitudes de la vie.

La séance terminée elle me conseilla :

– Assurez-vous que votre amie s'est mariée réellement, que ce n'était pas un subterfuge pour vous reconquérir.
– Si c'est le cas, alors vous devriez tourner la page de votre histoire et chercher votre bonheur autrement.
– Vous êtes encore jeune, l'avenir vous réservera certainement un grand amour et du bonheur.

J'ai remercié la psychologue et lui promis que je tiendrais compte de ses bons conseils.

Quelque temps après le départ de la psychologue, c'est à nouveau Nadia qui revient me voir.

Sous mon état dépressif, j'entrepris un autre délire.

Pourquoi c'est Nadia qui vient me voir constamment chaque jour ?

Pourquoi la psychologue, amie probable de Nadia, me conseille-t-elle de renoncer à Madeleine.

Ne serait-ce pas un complot fomenté contre moi par ma mère, Nadia et maintenant la psychologue ?

Puis, en remémorant le visage de Nadia, j'avais le sentiment de l'avoir déjà vu.

Où, dans quelles circonstances l'ai-je connu ?

En tout cas, ce n'est pas depuis qu'elle vient chez mes parents ou dans des fêtes de famille.

Mon frère est venu me rendre visite à peine Nadia sortie.

- Ça va mieux, mon frère ?
- Oui, ça va
- Tu sais, c'est un peu ma faute si tu es là
- Pourquoi me dis-tu ça ?

– Dans ton état de l'autre jour, j'avais jugé bon de t'acheter des calmants pour te soulager.

– Sauf qu'au lieu de te donner personnellement les comprimés comme me l'avait suggéré le pharmacien, je t'ai laissé la boîte entière.

– Promis, je ne le referais plus.

– Dis-moi, pourquoi Nadia vient-elle me voir chaque jour ?

– Serait-ce ma mère qui continue dans ses délires ?

– Non, Nadia est médecin interne dans cet hôpital, c'est simplement pour ça.

– Ouf, tu me rassures !

– J'ai le sentiment de l'avoir connu avant, tu as une idée ?

– Oui, mais ce n'est pas à moi de te le dire.

– Donc je l'ai connu avant ?

– Pose-lui donc la question à sa prochaine visite.

– En tout cas, ce que j'ai cru comprendre, c'est que vous sortiez ensemble.

– C'est impossible, j'étais avec Madeleine et seulement Madeleine

Mon frère est reparti sans me donner aucun indice à propos de Nadia.

Chapitre XI

Sonia et son père avaient appris mon hospitalisation sans connaître la cause.

Monsieur Ahmed avait anticipé sa visite chez l'oncle Abdel de quinze jours.

Il était accompagné de Sonia, histoire de lui faire découvrir le pays d'origine de ses parents qu'elle ne connaissait pas encore.

C'est chez l'oncle Abdel qu'ils furent accueillis.

L'oncle Abdel a interrompu son voyage au Sahara pour les rejoindre.

Ce fut des retrouvailles pleines d'émotions en les voyant, dans les bras l'un de l'autre, leurs joues ruisselant de larmes.

Sonia m'avait embrassé comme une comédienne dans un film, ne laissant apparaître sur son visage aucun sentiment et tant mieux.

Après son père, c'est au tour de Sonia de me poser la question à propos de ma maladie, elle s'est arrangée pour que nous soyons à l'écart des autres convives.

Je sentais qu'elle voulait me dire quelque chose, voyant Nadia venir nous rejoindre, elle s'est abstenue.

– Sonia, je suis content de te rencontrer, ton père parlait souvent de toi avec le mien.

– Ah bon, mon père me parlait surtout de son ami Abdel, mais pas de toi.

– Tu veux bien que l'on fasse connaissance ?

– Oui, pourquoi pas !

Elles se retireront plus tard à l'extérieur, dans l'immense jardin derrière la villa, pour discuter entre filles.

Ahmed et l'oncle Abdel se sont réfugiés dans une autre chambre comme pour se remémorer secrètement leur enfance.

Nadia ne cessait de me faire des sourires lorsque nos regards s'entrecroisaient.

Sonia était attablée en face de moi, elle me cognait les pieds à chaque fois, avec un air réprobateur.

Un moment, j'avais le sentiment que Nadia le faisait express pour tester la réaction de Sonia.

Dans mon for intérieur, cela m'importait peu, car mes pensées vaguaient ailleurs.

Ironie du sort, la seule femme dont je suis amoureux s'était mariée avec un autre homme et ses deux femmes pour lesquelles je n'éprouve aucun amour me convoitent.

Je suis sorti dans le jardin, contemplant les bosquets de fleurs et la variété des arbres fruitiers.

Une grande table était dressée au bon milieu du jardin, une serveuse déposait soigneusement les couverts.

Un peu plus loin, c'était un cuisinier qui montait un tournebroche

Les deux filles étaient là, assises l'une à côté de l'autre.

Sonia paraissait décontenancée, Nadia avait l'air de l'être moins.

La discussion de Nadia et Sonia était discrète, mais apparemment houleuse.

Sonia me fait signe de les rejoindre.

- Nadia, répète ce que tu me disais ?
- Oui, Kamel et moi sortions ensemble depuis bien longtemps.
- Entre cousin et cousine simplement ?
- Non Sonia, un peu plus que ça
- Tu délires, Nadia, je ne suis jamais sorti avec toi ?
- Kamel, patience, je te donnerais des détails plus tard
- Sonia, je suis promise à Kamel depuis notre plus jeune âge, je ne pourrais me marier qu'avec lui.
- D'ailleurs, nos parents sont en train de faire les démarches pour nos fiançailles.

Sonia était hors d'elle, elle me fixait méchamment, quant à moi je bouillonnais de l'intérieur.

- Nadia, ça suffit !
- Je ne suis jamais sorti avec toi, je ne te connais même pas

– Sonia était sur le point d'arracher les cheveux de Nadia qui lui dit :

– Eh ! Calme Sonia, c'était juste pour te taquiner.

– Kamel et moi étions sortis il y a de cela sept ans, mais pas en amoureux comme tu le penses.

– Nous étions deux couples de collégiens, lui et Madeleine, Gabriel et moi.

– Quant au mariage avec Kamel, c'est encore faux.

– Ma mère et la sienne font tout pour nous rapprocher.

– Seulement, je suis déjà fiancée à un confrère-médecin ; mon père le sait, car on se dit tout et il est d'accord pour notre mariage.

– Bien sûr, nos deux mères n'étaient pas au courant et continuaient donc à colporter l'idée de notre futur mariage.

– C'est à mon père que revient l'approbation ou non du mariage ; il m'avait demandé de jouer le jeu pour ne pas les contrarier dans leurs idées rétrogrades.

Un grand ouf de soulagement, Sonia s'était penchée vers moi et m'embrassa.

– Dites-moi, pourquoi ne vous embrassez-vous pas comme des amoureux, dit Nadia.

– Tu sais Nadia, j'avais le sentiment de te connaître, mais je ne te reconnaissais pas, nous avions tant changé depuis !

- Moi non plus, ce n'est qu'en entendant nos mères parlaient de toi.

- Elles étaient en train de parler de Madeleine et c'est à ce moment-là que j'ai fait le rapprochement.

Sonia et Nadia se sont finalement réconciliées. Elles envisagent d'aller ensemble faire du shopping après le déjeuner.

Le père de Sonia m'a conseillé de les accompagner.

Deux belles filles seules, elles risquent d'être kidnappées, me disait-il avec un sourire.

Après un fastueux déjeuner, nous partîmes comme prévu en ville.

Après quelques lèche-vitrines, Sonia et Nadia s'arrêtèrent devant la vitrine d'un magasin de layettes.

À peine les ai-je rejointes, toutes les deux me regardaient avec un air complice.

Je m'apprêtais à leur demander qui parmi elles envisageait d'avoir un bébé puis j'ai changé d'avis pour poser une autre question à Nadia.

- Nadia, c'est la rue où se trouve la pâtisserie d'antan ?

- Oui, mais la pâtisserie n'existe plus, elle a été remplacée par un magasin de vêtements.

- Et les fameuses promenades en calèche existent-elles toujours ?

- Oui, elles existent toujours

– Kamel, tu veux te remémorer tes escapades d'adolescence ?

En fait, c'était exactement ce que je voulais, revenir sur les traces de mes meilleurs moments avec Madeleine, mais par crainte de décevoir Sonia, j'ai répondu autrement.

– Non, mais c'est assez original, il faut les faire voir à Sonia ?

– C'est ça oui, tu me prends pour une imbécile, dit Sonia

– Non, Sonia, je t'assure que cela vaut la peine d'y faire un tour en calèche, c'est assez pittoresque.

Nadia a réussi finalement à la convaincre pour faire un tour de calèche.

Après une demi-heure de promenade en calèche, nous sommes repartis à la maison.

Les filles avaient des sacs de fringues et moi des souvenirs d'adolescent dans la tête.

En arrivant à la maison, l'oncle Abdel et son compère Ahmed étaient allongés sur des chaises longues dans le jardin, en train de bavarder.

Le père de Sonia me fait signe de les rejoindre.

– Alors, ça a été avec les filles, pas trop pénible à supporter leur lèche-vitrines ?

– Non, nous avions fait un tour en calèche, Sonia a beaucoup aimé.

– Sonia m'avait dit qu'à la faculté tu allais à reculons, tu as toujours des difficultés avec les mathématiques ?

– Avec les cours d'aide de Sonia, je me sens plus à l'aise dans cette matière.

– Mais c'est le reste, les cours de la faculté dans les autres matières me posent également problème.

– Tu ne comptes pas abandonner tes études ?

– Je ferai cette année scolaire, mais je doute d'aller à terme.

– Et que comptes-tu faire sinon ?

– Idéalement, je m'inscrirais dans une école de techniques commerciales, c'est plus à ma portée, sinon je chercherais un travail à temps complet.

– En France ou au pays ?

– Mon vœu est de rester en France, il y a davantage de possibilités.

– D'accord, j'ai peut-être un projet pour toi, nous en rediscuterons à notre retour.

– Merci Monsieur Ahmed

L'oncle Abdel enchaîna derrière :

– Pourquoi ne restes-tu pas au pays, je te trouverais un travail intéressant,peut-être même une épouse.

– Dis donc Abdel, tu me fais concurrence ?

Deux hommes pourtant instruits veulent me marier comme si je n'étais pas capable de prendre mon destin en main.

Autant, je comprenais la mère qui agit sous le poids des traditions, mais eux, non.

J'ai failli leur dire que mon souhait serait de vivre dans un presbytère, histoire de répliquer contre leurs balivernes.

Monsieur Ahmed et sa fille Sonia retourneront en France sans ma compagnie. Je les ai quittés pour aller chez ma mère.

J'ai prolongé mes vacances de quelques jours pour me requinquer un peu.

Ma mère semblait résignée à propos de mariage, je pense que mon frère a dû lui faire une leçon de morale.

Un matin, après le petit-déjeuner, maman s'apprêtait à aller dans la villa des parents de Madeleine.

- Maman, il n'y a plus personne à la maison ?
- Oui, mais la dernière fois le père de Madeleine était venu au village, il m'avait confié les clés pour entretenir et surveiller la maison.
- Et personne d'autre ne l'habite ?
- Non, le père de Madeleine envisage de la vendre, je crois.
- Je peux venir avec toi ?
- Oui, si tu veux

Avant que nous ne sortions de la maison, une odeur alléchante taquinait mes narines ; c'était un plat dont Madeleine et moi raffolions étant enfant.

Une fois à l'intérieur de la villa, c'était comme une machine à remonter le temps.

Je me revoyais gamin avec Madeleine, les bons moments inoubliables que nous avions vécus ensemble dans ces lieux, les recoins de nos premiers baisers.

Ces souvenirs défilaient dans ma tête en continu.

Ma mère scrutait mes pas et mes gestes, l'émotion que reflétait sur mon visage cette nostalgie que je n'arrive pas à évacuer malgré l'horrible annonce du mariage de Madeleine.

Alors que ma mère s'affairait à l'intérieur, je suis parti à l'arrière de la villa pour dissimuler ma peine.

Je la rejoignais au moment du retour à la maison.

À l'heure du déjeuner, ma mère déposa le fameux plat que j'adore.

- Maman, te souviens-tu quand tu le préparais pour Gabriel, Madeleine et moi ?
- Oui mon fils, c'est un peu pour ça que je le fais aujourd'hui.
- Comment ça ?
- J'ai été abrutie par le poids des traditions pour que tu épouses Nadia au lieu de ton amie de toujours Madeleine.
- Ton frère et ton oncle m'ont fait une leçon que je ne suis pas prêt à oublier.
- Je te demande pardon pour le mal que je t'ai fait.

– Je te donne ma bénédiction pour épouser Madeleine, ton père est d'accord aussi.

Je ne voulais pas lui parler de ma séparation avec Madeleine ; je l'ai juste embrassé puis :

– Je suis fier de toi, maman !

Chapitre XII

De retour en France, c'est à nouveau Sonia et son père qui sont venus m'accueillir à l'aéroport.

Pour Sonia, cet excès de zèle s'explique par son début d'amour envers moi et peut-être même, envisageait-elle une vie commune.

Quant à son père, je m'interroge sur sa gentillesse intentionnelle et certainement pas pour le mérite professionnel depuis qu'il m'avait embauché dans son hôtel-restaurant.

Concernant mes études, je ne pouvais reprendre mes cours à la faculté, car il fallait payer les études et l'hébergement que le consulat n'avait pas payé au prétexte que je manquais d'assiduité à mes cours.

Mon souhait était de m'inscrire dans une autre école de techniques commerciales qui répondrait plus à mes aspirations.

Et là encore, les conditions financières d'accès et l'éloignement de l'école furent la cause de mon renoncement à ce projet.

Professionnellement, je dois trouver un emploi à temps complet pour pouvoir subvenir à mes besoins, louer un petit studio, m'offrir quelques distractions, etc.

Je ne pouvais abuser de la générosité du père de Sonia qui, dans mes moments difficiles, fut une bouée de sauvetage en m'accordant l'hébergement et un travail partiel dans son hôtel-restaurant.

Quelques jours après, en rejoignant ma chambre à l'hôtel, le père de Sonia m'accompagna à l'étage, je me dirigeais vers ma chambre quand ce dernier l'orienta vers une autre plus spacieuse.

Elle ressemblait davantage à un studio équipé de tous les conforts, un grand lit, une kitchenette, un téléviseur, un téléphone, un petit bureau et même un frigidaire rempli de boissons et de coupe-faim.

Les couleurs, l'agencement et les décors ressemblaient étrangement à la chambre de Sonia dans l'appartement de ses parents, il ne manquait que ses posters accrochés aux murs.

Sonia nous rejoignait à l'étage quelques minutes plus tard.

Dès son arrivée, le père saisit la main de sa fille et la mienne et nous dit :

Alors ma fille, qu'en penses-tu ?

- Parfait papa, tu as bien suivi mes conseils.
- Et toi, Kamel, qu'en penses-tu ?
- Franchement, je suis confus, Monsieur Ahmed, merci pour tous !
- Écoutez les enfants, aujourd'hui nous n'allons pas puiser dans les casseroles du restaurant, mais dîner à la maison.
- Mon épouse a prévu un dîner majestueux et c'est peu dire, car elle est le cordon-bleu de la famille.
- Je vous laisse un instant ensemble au salon de réception, le temps d'aller vérifier si le personnel a bien fait son travail, ensuite nous partirons à la maison.

Sonia me parlait de notre séjour au pays, contente d’avoir découvert le pays d’origine de son père, et son ami Abdel puis elle me posa des questions à propos de Nadia :

- À propos de ta prétendue cousine, pourquoi ne portez-vous pas le même nom de famille, c’est louche non ?
- Il n’y a rien de louche, Nadia porte le nom de son père qui est le frère de ma mère.
- En fait, nous sommes cousins par la mère !
- Es-tu sûr ?
- Bien sûr, demande donc à ton père, il saura mieux te l’expliquer.
- Mais Sonia, pourquoi ces questions à propos de Nadia, il n’y a rien entre nous, je t'assure.
- Je te crois, mais j’ai le sentiment qu’il y a entre vous autre chose que la parenté.
- Je te le redis, il n’y a absolument rien entre elle et moi.

Notre conversation a été interrompue par l’arrivée du père de Sonia.

Nous sommes partis tous les trois à la maison familiale.

En arrivant à la maison, le père de Sonia me présenta à sa femme

- Je te présente Kamel, le garçon dont nous avions parlé dernièrement.

- C'est le neveu de notre ami Abdel qui me l'a vivement recommandé.

La mère me fait visiter le vaste appartement dans lequel j'y étais déjà venu en compagnie de Sonia en clandestin ; je congratulais hypocritement la maîtresse des lieux.

Arrivé à hauteur de la chambre de Sonia, sa mère me dit de ne pas faire attention au seau à côté de son lit.

Elle m'expliqua qu'avant même de partir au pays avec son père, elle ne cessait de vomir et d'avoir des nausées.

Et pour tout arranger, disait-elle, elle ne veut pas aller consulter le médecin de la famille.

Nous sommes ensuite passés à un minibar pour prendre un apéritif.

La mère de Sonia me demanda ce que je souhaitai prendre ; à ce moment même Sonia répondue à ma place.

- Pour Kamel c'est de la vodka ou de la sangria !
- Comment le sais-tu toi ?

Mais, maman, à la cafétéria de la faculté, Kamel et moi discutions souvent de nos goûts.

Nous nous rendions au salon où une table garnie nous attendait, Sonia s'était assise en face de moi, ses jambes étaient collées aux miens.

Après ce dîner plantureux, Sonia demanda à ses parents si elle pouvait me faire visiter sa chambre.

Me faire visiter sa chambre alors que je la connaissais déjà, je subodore une autre raison, peut-être va-t-elle me révéler la nouvelle qu'elle ne put me dire dans sa lettre.

En arrivant dans sa chambre, elle fit semblant de la visiter tout en surveillant les regards de ses parents.

Elle poussa la porte en la laissant à moitié ouverte, me plaqua derrière le côté le plus discret puis me fit un langoureux baiser.

- Tu es folle Sonia, tes parents pourront nous surprendre ?
- M'en fiche !
- Tu pourras me dire ta fameuse nouvelle que tu n'as pas pu me dire dans ta lettre ?
- Pas encore, il faut attendre un peu
- C'est à propos de ta licence ?
- Non, bien mieux que cela !
- Au fait, tu as prévu une petite fête pour célébrer ta licence ?
- Oui, j'attends l'accord de mes parents pour pouvoir la fêter à la maison.
- Tu invites beaucoup de monde ?
- Non, juste les amies chez qui nous avions été la première fois.

Soudain, on entend la voix du père :

- Bon, vous venez, les enfants ?

– On arrive, papa !

Le père nous demanda de s’asseoir en face de lui.

– Kamel, as-tu réfléchi pour ton avenir, étude, travail ou autre ?

– Je ne reprendrais pas mes cours à la faculté.

– M’inscrire dans une école de commerce c'est assez coûteux, loin d’ici.

– Il me reste que la solution d’un travail à temps complet.

– Sonia, et toi ?

– J’ai ma licence maintenant, franchement, papa, je n’ai pas le courage de poursuivre au-delà.

– Eh bien ! Vous n’êtes pas ambitieux, les enfants !

– Bon, écoutez-moi bien

– J’avais envisagé de vendre l’affaire de l’hôtel-restaurant et prendre une retraite méritée.

– Puis, je me suis dit qu’au lieu de la vendre, je vous donne une chance de réussir vous deux.

– Je vous apprendrais comment manager l’affaire et une fois que vous seriez à la hauteur, je partirais tranquillement au pays. Notre dernière visite chez Abdel m’avait donné envie de m’y installer.

– Vous n'aurez rien à investir sinon à rebrousser vos manches pour réussir.

– Monsieur Ahmed, je ne sais pas si je serais à la hauteur, car, à ce jour, je n'ai fait qu'un travail à mi-temps ?

– Tu le seras, mon fils, je t'ai vu à l'œuvre et puis vous serez à deux.

– Puis-je prendre le temps d'y réfléchir, c'est une grande responsabilité.

– Bien sûr, mon fils, mais je serais avec vous jusqu'à ce que vous maîtrisiez tous les rouages de gestion de l'affaire.

Je ne m'attendais pas à une telle offre, j'étais assez content, mais quelle serait la contrepartie, me dis-je.

Le père de Sonia a dû prévoir un second plan qui consisterait à épouser Sonia peut-être.

L'aménagement d'un studio à l'hôtel, décoré au goût de Sonia, m'interpellait.

Sonia était silencieuse, elle me regardait sans interruption.

Je me demandais d'ailleurs si elle ne serait pas de connivence avec son père, voire à l'initiative de cette idée.

Une heure après, alors que je m'apprêtais à partir, Sonia demanda à ses parents de m'accompagner.

Habituellement, sa présence à mes côtés était équivoque, cette fois-ci le père semblait n'émettre aucune objection :

– Puis-je aller revoir la décoration du studio avec Kamel, j'ai une autre idée ?

– Exceptionnellement, mais pas de bêtises, compris !

– Ne reviens pas trop tard, ma fille

– Prenez avec vous la clé de l'accès direct par l'extérieur.

– Et c'est par où, j'ai l'habitude de passer par le hall de réception ?

– Sur le côté gauche de l'hôtel, il y a une porte privée d'accès directement aux étages.

En marchant vers le studio, Sonia qui avait l'habitude de marcher à côté de moi me prit par le bras en se blottissant contre moi comme un couple marié ou fiancé.

Arrivé au studio, Sonia fait un petit tour comme pour inspecter l'aménagement, à hauteur du lit, elle me tend sa main, me fait asseoir sur le lit, me dit :

– Alors mon chéri, qu'en penses-tu, il est plus confortable non ?

– Oui, bien mieux que le précédent

Nous nous sommes couchés dans le lit, sous une superbe couverture flambant neuve.

– Zut, il fait tard, je dois rentrer !

– Tu m'accompagnes ?

– D’accord

Avant de nous lever, je posais quelques questions à Sonia

– As-tu une idée pour laquelle ton père fait tout cela pour nous ?

– Faire quoi ?

– Le studio, la responsabilité collective de son affaire, l’invitation à la maison, t’autoriser à m’accompagner jusqu’au studio ?

– Je pense que les discussions avec son ami Abdel à ton propos sont à l’origine de ce qu’il fait particulièrement pour toi.

– Abdel, lui disait que tu étais sérieux, de bonne famille, courageux et que tu serais un bon parti pour sa fille.

– Es-tu sûr que ce n’est que pour ça ?

– Non, mais tu m’obliges à te révéler la nouvelle dont je t’avais parlé dans ma lettre.

– Oui, et c’est quoi cette nouvelle que tu me caches ?

– D’accord, allez, recouche-toi

– Mets ta main sur mon ventre

– Tu ne sens rien pour le moment ?

– Mais, il y a certainement déjà un petit Kamel à l’intérieur.

– Mais, j'attends la confirmation du gynécologue, c'est pour cela que je ne voulais pas t'en parler avant.

– Comment peux-tu savoir que tu es enceinte avant de voir un gynécologue ?

– C'est en fait, ma mère

– Elle m'avait questionné sur mon état, je vomissais souvent, des nausées aussi.

– Elle me dit que c'était bien les symptômes d'une grossesse.

– Oui, mais comment peut-elle savoir que c'est moi le père ?

– Il avait deux choses que nous ignorions :

– D'abord, mon père nous avait vus nous embrasser lors de notre révision mathématique.

– On se croyait à l'abri des regards, mais mon père nous épiait.

– Ensuite, la concierge avait dit à ma mère que nous avions passé une nuit ensemble dans la maison pendant leur absence.

– Qu'allons-nous faire maintenant ?

– Je te l'ai déjà dit mon chéri, je te veux pour la vie, pas seulement dans le lit.

– Et puis, quand mon père m'avait demandé si j'accepterais de me marier avec toi, je lui avais dit oui et je l'ai même embrassé de joie.

- Chose que mon père ne t'a pas dit, c'est qu'il avait un ambitieux projet pour nous deux.
- Selon la confidence qu'il a faite à maman
- En cas de mariage, il nous céderait l'affaire en toute propriété, afin que nous puissions la faire prospérer.
- Son projet serait d'agrandir l'hôtel dans le terrain adjacent et qu'il serait plus facile d'obtenir un prêt bancaire à nos deux noms, pour financer cette extension qui selon lui, augmenterait la valeur de l'affaire ainsi que son chiffre d'affaires d'au moins 50 %.
- Oh là, je suis vraiment en retard
- Tu me raccompagnes ?
- Sonia, franchement, j'ai besoin de mettre de l'ordre dans mes idées après tout ce que tu viens de me dire.
- Ne t'inquiète pas, la maison n'est pas trop loin, je vais aller seule.

J'avais le sentiment de vivre un vrai traquenard,

Sonia est une belle fille, je m'entends assez avec elle, je la désire, mais je ne peux l'aimer, car l'amour de Madeleine est toujours présent.

Et puis, je ne me vois pas marier, encore moins être papa.

Toute la nuit, je me posais un tas de questions.

Madeleine s'est déjà mariée probablement par dépit, car je n'avais pas répondu à ses premières lettres que maman avait cachées, j'aurais pu la dissuader peut-être.

À mon tour, dois-je faire de même puisque tous les espoirs de vivre avec elle se sont effondrés.

Avec Sonia, je finirai par l'aimer, car elle a tous les atouts pour finir par me séduire.

À cela s'ajoute l'opportunité que nous offre son père pour démarrer confortablement dans la vie.

Chapitre XIII

Un matin à l'hôtel, alors que j'étais en train de trier le courrier du jour, je vois une lettre pour moi au dos de laquelle était mentionné le nom de Gabriel, le frère de Madeleine.

Je me suis précipité pour l'ouvrir.

Gabriel s'excusait d'avoir été déplaisant la dernière fois.

Il me fait part de son mariage et m'invite péremptoirement à y assister.

Surtout, ne te trouve aucune excuse, tu dois venir, me dit-il.

C'était le week-end ou j'étais précisément en garde.

Il va falloir demander l'autorisation à Monsieur Ahmed pour s'absenter.

Mais comment faire pour que Sonia ne puisse le savoir, car si j'évoque Gabriel elle l'associera forcément à une rencontre avec à Madeleine.

Partir en catimini serait mieux que d'affronter Sonia avec des tas de questions surtout qu'elle pensera que je vais voir plus Madeleine que son frère Gabriel.

Sonia aurait raison de le penser, car ce qui m'importait le plus pour assister à son mariage était de revoir Madeleine même dans les bras de son mari, mon remplaçant.

J'ai donc demandé l'autorisation de m'absenter ce week-end au père de Sonia. Il m'avait posé quelques questions, comme s'il craignait que je ne revienne pas.

– C'est le mariage de quelqu'un que tu as connu à Marseille ?

– Non, Gabriel est un ami d'enfance de longue date.

– Tu comptes bien revenir n'est-ce pas ?

– Évidemment, je vous demande juste quelques jours de réflexion à propos de votre offre.

– D'accord, tu peux y aller, mais préviens Sonia quand même.

Partir en catimini c'est raté, je suis contraint, ne serait-ce que par respect au père, de prévenir Sonia.

Elle était réticente à l'idée que je parte chez le frère de Madeleine sans elle de surcroît !

J'essayais de la convaincre, mais rien n'y fait.

C'est alors que je lui ai annoncé qu'elle peut être confiante :

– Madeleine s'est mariée il y a cinq mois, elle habite à Paris maintenant.

– Ah bon, avec qui ?

– Avec le fameux Olivier, tu te souviens ?

– C'est vraiment une chipie, franchement elle ne te mérite pas

– Est-ce que je peux venir avec toi ?

– Tu ne connais personne à part Gabriel, laisse pour une autre fois, le temps de te les présenter.

À l'instant même, je comprends que ce que je viens de dire à Sonia ne fera que la conforter dans ses intentions, elle d'abord puis son père.

Chapitre XIV

Le lendemain, je partais donc pour Toulon rejoindre Gabriel.

En arrivant à la gare, je me suis contenté de l'appeler pour qui m'indique le meilleur chemin.

Gabriel, toujours serviable, me dit de l'attendre à la gare, il allait venir me chercher.

Devant la maison et avant même d'y pénétrer, je le félicitais pour sa demeure, une grande villa cossue alors que je m'attendais à le voir loger dans un appartement.

– Ce n'est pas la mienne, c'est celle des parents.

– Je ne me souviens plus de te l'avoir dit, mon père et ma mère avaient acheté cette villa il y a six mois environ.

– Ma mère ne supportait plus de vivre dans la résidence de la grand-mère, surtout après ses combines qui ont failli coûter la vie à Madeleine.

– À propos de Madeleine comment va-t-elle ?

– Résignée d'être handicapée et mariée à un homme qu'elle n'aime pas.

– Je pensais qu'elle et Olivier sortaient ensemble avant l'accident ?

– Pas du tout, il lui a simplement, proposait un tour à moto

– Pour elle, ce n'était rien d'autre qu'un cousin, c'est la sorcière de grand-mère qui faisait des pieds et des mains pour les unir par peur qu'elle n'épouse l'indigène, comme elle le ressassait tout le temps.

– Pourtant c'est Olivier qu'elle a épousé ?

– C'est encore une manigance de la grand-mère, à Olivier elle lui disait qu'il doit épouser sa cousine, car c'est lui qui est responsable de son handicap.

– À Madeleine, elle lui disait qu'avec son handicap, personne d'autre ne l'épouserait.

– Et Madeleine a accepté sans s'y opposer ?

– Là, Kamel, tu es en grande partie responsable.

– Comment ça ?

– Madeleine t'avait écrit au moins trois lettres pour te décrire la situation, comme tu ne lui avais pas répondu, elle s'est imaginé que tu ne voulais plus d'une Madeleine handicapée.

– Je ne pouvais pas lui répondre, ces lettres étaient envoyées à l'adresse de mes parents alors que j'étais à Marseille !

– La seule lettre que j'ai reçue et lue dans la douleur c'était celle où elle me disait être déjà mariée.

– Elle s'est installée à Paris avec Olivier ?

– Oui, mais elle vient souvent nous voir ; nous l'aidons à surmonter cette douloureuse situation.

– Elle a une chambre aménagée dans la villa qui lui est destinée

– Va-t-elle venir pour ton mariage ?

– Franchement, je ne sais pas

– Bon, il va falloir que l'on rentre maintenant !

– D'accord, allons-y

À peine la porte d'entrée ouverte, je vois à deux mètres environ Madeleine assise dans son fauteuil.

Je me suis précipité vers elle, elle se leva de son fauteuil, m'enlaça vigoureusement sa joue contre la mienne, aucun de nous n'a dit un mot, seul, nos larmes chaudes coulées à flots sur nos joues.

Elle était là, courageusement appuyée sur un seul pied.

Après un long moment, je l'ai reposé sur son fauteuil, j'ai mis ma tête sur ses genoux, il m'était impossible de contenir mes larmes et Madeleine non plus.

Gabriel et sa mère se sont rapprochés de nous.

– Eh bien, ce n'est pas le miracle de Lourdes, mais celui de l'amour, dit-il.

Une phrase qui nous a fait rire.

Quant à la mère émue, elle s'approcha de nous puis nous embrassa tendrement.

– Vous avez probablement des choses à vous dire les enfants ?

– Madeleine, veux-tu que l'on vous laisse ou préfères-tu aller dans ta chambre ?

Et Gabriel de rajouter :

– Restez avec nous, je veux tout savoir moi

– Tu es toujours sur tes gardes, nous surveillant comme naguère adolescents

– Va t'occuper donc de ta future épouse

– Quelle future épouse ?

– Mais, ne m'as-tu pas invité à assister à ton mariage ?

– Kamel, te souviens-tu des idées géniales qu'avait Madeleine, avec la complicité de la tante Gisèle, pour que nous puissions sortir ensemble ?

– C'est inoubliable, un tel évènement

– Eh bien cette fois-ci, c'est encore elle qui nous a concocté le prétexte d'un faux mariage.

Je me suis levé et l'ai embrassé respectueusement sur son front.

– Madeleine est toujours Madeleine

– C'est de moi que vous parlez les garçons ?

Nous répondions par oui en chœur Gabriel et moi.

– Vous oubliez mon fauteuil et mon handicap ?

Une question glaciale qu'elle vient de prononcer.

Je me suis approché d'elle pour lui susurrer à l'oreille :

– Mon amour Madeleine, reviens-moi s'il te plaît, reviens

– Peu importe ton handicap, je te porterai sur mon dos toute la vie s'il le faut.

Elle paraissait très émue, ses yeux imbibés de larmes.

Elle me sourit et hocha la tête comme un signe d'approbation.

– Eh oh, pas de messe basse, rétorqua Gabriel avec un air taquin.

Une odeur alléchante commençait à se propager depuis la cuisine, la mère était probablement en train de nous mitonner un plat ou un gâteau.

Gabriel nous lança un défi.

– Qui de vous deux pourra me dire le plat que maman nous prépare.

– Gabriel, je le reconnais à l'odeur, ce sont des spaghettis à la sauce personnelle de maman et peut-être même le fameux gâteau vanillé que nous servait ta mère du temps où nous étions enfants.

– Et toi, Madeleine, ça te rappelle quoi ?

– Caramel, tu ne le sais peut-être pas, mais le coma m’a fait perdre la motricité de ma jambe gauche et l’odorat aussi.

– Choisis pour nous deux

À ce moment, la mère nous appela du fond de sa cuisine

– Vous venez, les enfants !

Gabriel, empressé de savoir le résultat de son défi, interrogea sa mère

– C’est quel plat maman ?

– Viens le découvrir toi-même, espèce de gourmand

En pénétrant dans la cuisine, c’était bien le plat de spaghetti qui était déposé sur la table.

– Alors Gabriel, c’est bien Madeleine et moi qui avais gagné ?

– Bravo ! je vois même le gâteau vanillé dans le four aussi.

Madeleine me demanda de la soulever de son fauteuil et la mettre sur la chaise à côté de moi.

En la soulevant, elle me susurra à l’oreille : laisse-moi encore dans tes bras.

Dans mon élan, j’ai failli lui faire un baiser oubliant qu’elle était mariée.

Avant de finir par le dessert, maman nous suggéra :

– Venez, nous allons manger le dessert dans le salon.

Je prends le gâteau, Gabriel, ramène-moi les couverts s'il-te plait.

Quand ils furent de dos, je repris Madeleine dans mes bras pour la déposer sur son fauteuil et cette fois, je n'ai pu résister à lui faire un long baiser.

L'amour a ses raisons que la morale réprouve, me dit-elle philosophiquement avec un sourire.

Nous nous sommes retrouvés au salon, nos babines alléchées par le gâteau succulent que nous préparait autrefois la mère.

Madeleine était assise à mes côtés, je me penchais souvent pour lui parler.

– Madeleine, comptes-tu rester chez maman encore ?

– Non, Olivier viendra me chercher demain.

– Je dois retourner à Paris pour finir la rééducation de ma jambe et régler quelques affaires d'ordre familial.

– Caramel, comment se passent tes études à la faculté ?

– À vrai dire, j'ai abandonné les études.

– Je loge dans un hôtel où je fais des extras pour avoir un peu d'argent.

– Tu n'es donc pas obligé de rester à Marseille, si tu ne vas plus à la faculté ?

– Plus maintenant

Gabriel, qui n'a pas raté un iota de notre discussion, s'adresse à moi :

- Pourquoi ne viendrais-tu pas à Toulon avec nous ?
- Je veux bien, mais faire quoi ?
- Eh bien, pour travailler et peut-être même loger dans une superbe villa !
- Tu plaisantes comme d'habitude Gabriel
- Pas du tout
- Au lieu de faire des extras et loger dans une chambre d'hôtel à Marseille, tu serais mieux à Toulon non ?
- Tu ne le sais peut-être pas, j'ai créé une entreprise avec l'aide de mon père qui commercialise des produits vétérinaires.
- Le début du business est franchement prometteur, ta place serait à mes côtés, qu'en penses-tu ?
- Mais je ne connais rien de la branche vétérinaire ?
- Tu as la verve du parfait commercial, je te formerais pour te familiariser avec les produits que nous commercialisons ainsi qu'aux techniques du parfait vendeur.
- Question de logement, tu habiteras avec nous dans la chambre de Madeleine en attendant.
- Gabriel, tu es sérieux ?

– Évidemment

Madeleine et sa mère me confirment le sérieux de la proposition de Gabriel, et insistent même que je dois l'accepter.

– Viens, je vais te montrer la chambre de Madeleine, c'est la plus spacieuse, et où tu trouveras même des souvenirs de notre adolescence.

Madeleine ne semblait pas d'accord pour que ce soit Gabriel qui me fasse visiter sa chambre.

– Dis donc Gabriel, c'est ma chambre et c'est à moi de la faire visiter à Caramel !

– On ne se fâche pas, je voulais juste t'épargner cette corvée.

J'ai remis Madeleine dans son fauteuil, la poussant jusqu'au bon milieu de la chambre.

Stupéfaction, il y avait un peu partout, des photos de notre adolescence au pays

Entre autres, une photo agrandie de la promenade en calèche, Madeleine et moi d'un côté, Gabriel et sa petite amie de l'époque de l'autre côté.

Une autre photo, où nous déjeunions chez la tante Gisèle et enfin, celle qui m'a le plus émue, c'était la photo de Madeleine et moi, la main dans la main avec un regard complice, qui disait long.

La photo était encadrée et bordée d'un cœur, déposée sur la table de chevet, près du lit.

– Caramel, m'aimes-tu toujours ?

– Non, bien plus que toujours !

– Tu n'as pas trahi nos promesses ?

– Beaucoup de choses m'ont fait énormément mal, depuis que je suis venu à ta recherche en France, mais j'ai toujours gardé l'espoir.

– Dis-moi Caramel ?

– Quand tu étais dans le coma, je venais matin et soir à l'hôpital pour te rendre visite.

– Un jour, tu avais légèrement ouvert les yeux : j'étais hyper heureux sauf que quelques secondes après, c'était Olivier que tu réclamais.

– La seconde fois, c'était dans la résidence de la grand-mère, Olivier te poussait dans le fauteuil exhibant un large sourire de satisfaction.

– Puis, vint le séisme quand tu t'es marié avec lui.

– Mon pauvre Caramel, maman m'avait raconté tes déboires avec l'exécrable grand-mère.

Madeleine me demanda de me baisser à son niveau, elle m'embrassa puis :

– Allez, finit les mauvais souvenirs, rejoignons le salon

– Madeleine, juste une question un peu discrète ?

– Ton mari a déjà vu ces photos ?

- Non, c'est ma chambre exclusivement
- Il dort bien avec toi ?
- Non plus, je te l'expliquerai, un autre jour.
- Je pars au pays pour voir ma mère, je ne sais pas pour quelle raison, mais je dois y aller.
- Tu resteras longtemps ?
- Une semaine, voire deux semaines au maximum
- Y a-t-il un numéro de téléphone où te joindre chez ta mère
- Hélas, non, mais tu peux me donner le tien pour que je puisse t'appeler.

En arrivant au salon, Gabriel, comme à son habitude, était en train de finir le reste de gâteau.

Gabriel me proposa de me raccompagner à la gare.

J'ai embrassé tendrement Madeleine, également sa mère, en la remerciant.

En court de chemin, je lui ai demandé quelques précisions sur son offre d'emploi

- Quand dois-je commencer le travail ?
- Dès la semaine prochaine si tu veux
- Il faut d'abord que tu démissionnes de ton emploi actuel
- Oui, mais ce n'est pas vraiment un emploi.

- Le père de Sonia m'a juste dépanné.
- Une chambre dans son hôtel et un travail en extra pour avoir un peu d'argent.
- Oui, mais il faut quand même le prévenir
- Oui futur patron !
- Ah si, je dois aller pour une semaine au pays, maman me l'avait demandé.
- Je te contacterais dès mon retour.
- D'accord
- Sonia, c'est la fille qui était avec toi à la brasserie quand je suis venu te chercher ?
- Oui, mais rassure-toi, il n'y a rien de sérieux
- J'espère pour toi, car ce ne serait pas digne de toi.
- Comment ça explique ?
- Quand, je suis revenu la deuxième fois te chercher, je suis retourné à ta brasserie habituelle.
- J'ai vu ta fameuse Sonia, en train d'enlacer un autre homme de couleur, probablement un collègue de la faculté.
- BOF, c'est de son âge après tout, elle fait ce qu'elle veut.
- Oui, mais je te préviens quand même

- Rassure-toi, car Madeleine est mon amour d'hier, d'aujourd'hui, et pour l'éternité
- Je crois que si Madeleine entendait cette déclaration, elle verserait beaucoup de larmes de joie.
- Gabriel, dis-moi sincèrement, as-tu dit quelque chose à Madeleine à propos de Sonia ?
- Évidemment !
- Non, tu n'as pas fait ça ?

Bien sûr que non, je pense que ce n'était qu'un simple flirt.

J'avais pris le train en partance à Marseille.

Je cogitais à la manière d'échapper à ce qui semblait être, un vrai traquenard élaboré par Sonia et son père.

La confession que vient de me faire Gabriel à propos de Sonia me servira de prétexte pour sortir de ce bourbier auquel j'avais failli tomber par dépit.

Le bonheur d'avoir revu Madeleine qui, à demi-mot, me donna l'espoir que rien n'est perdu entre nous deux.

Arrivé à Marseille, je me suis dirigé vers ma chambre d'hôtel en espérant ne pas rencontrer Sonia ou son père le temps de réfléchir à ce que je dois leur dire plus tard, et à façon d'organiser mon départ.

J'étais tenté de partir en cachette sans rien leur dire, mais comme le père était un ami de mon oncle, je voulais éviter une éventuelle embrouille entre eux par ma faute.

Se posait également le problème de mes vêtements et autres objets personnels que je dois récupérer en quittant l'hôtel.

Alors que j'étais en train de mettre mes effets dans une valise, soudain, j'entends toquer à la porte.

C'est Sonia !

Elle rentre et me fait son traditionnel baiser puis m'interpelle :

- Où vas-tu ?
- Ma mère n'avait demandé d'aller la voir en urgence, j'ai peur qu'il ne lui soit arrivé quelque chose de grave.
- Pourquoi ne téléphones-tu pas à ton oncle Abdel, il te donnera de ses nouvelles ?
- Franchement, connaissant ma mère, je dois y aller le plus urgemment possible.
- Mais pourquoi prends-tu toutes tes affaires, tes vêtements suffisent pour aller au pays non ?
- À vrai dire, je ne sais pas combien de temps je resterai au pays.
- Et alors ?
- J'ai pensé préférable de libérer la chambre pour que ton père puisse la louer.
- Cette chambre que mon père a aménagée pour nous deux, il ne la louera pas, voyons !

À court d'arguments, j'ai décidé de lui annoncer mon intention de rompre notre relation.

– Sonia, je crois qu'il est temps que je te le dise

– Me dire quoi ?

– Tu es mignonne, pleine de vie et généreuse

– J'ai connu avec toi les meilleurs moments de plaisir et tu m'as rendu énormément de services.

– Mais ça ne marchera pas entre nous

– Tu as revu ta garce de Madeleine, c'est ça ?

– Sonia, la question n'est pas là !

– Alors, explique ?

– En fait, j'ai le sentiment de te fréquenter par intérêt.

– Dans mes moments difficiles, tu as été là pour m'aider, je te remercie du fond du cœur.

– La générosité de ton père aussi qui m'accorda un travail, une chambre ou loger.

– Il projette même de nous céder son affaire d'hôtel-restaurant, et je pense que pour cela, nous devrions nous marier.

– Et alors pourquoi ça te gênerait ?

– Sonia, nous avons fait un tout petit chemin ensemble, insuffisant, pour concrétiser quelque chose, d'une telle importance.

– Il est temps de regarder la vérité en face.

– On ne peut pas aimer quelqu'un sur commande, notre hypothétique union est d'avance vouée à l'échec.

– Je t'avais déjà dit que je suis probablement enceinte de toi.

– Que ferait-on de ce bébé ?

– Nous verrons à la naissance si sa peau est blanche ou noire, et l'on avisera.

– Kamel, tu es un vrai salaud !

Elle me gifla avec rage, ressortie en claquant violemment la porte derrière elle.

J'ai continué à ramasser toutes mes affaires pour ne plus revenir dans ces lieux.

Après avoir déposé le tout dans la consigne de la gare, j'ai appelé mon oncle Abdel pour lui donner la date et heure de mon arrivée.

J'ai pris le même jour l'avion pour me rendre chez ma mère.

Ma mère, mon petit frère et l'oncle Abdel m'attendaient à l'aéroport.

Maman vint à ma rencontre, le regard extasié.

– Maman, ça va, tu n'es pas malade ?

– Penses-tu, je suis plus en forme que d'habitude !

– Donc ce n'est pas une question de santé que tu me fais venir ?

– Non, mon fils, c'est pour une chose invraisemblable

– De quoi s'agit-il ?

– Patience, attends d'arriver à la maison

– Mais, tu peux me donner au moins quelques indices ?

– C'est à propos de Madeleine et son père, mais je ne te dirais pas non plus.

D'accord

À ce moment même, mon frère se pencha vers moi et me murmura :

– Moi je le sais, mais je ne te le dirais pas non plus !

C'est mon oncle Abdel qui reprend la discussion. Il m'interrogea sur mon travail chez son ami Ahmed et accessoirement sur Sonia.

J'ai évité de lui répondre en présence de ma mère.

Je lui ai simplement dit que j'aurais justement besoin de son aide, traîtreusement, j'escomptais qu'il prévienne le père de Sonia de mon renoncement à sa proposition.

Jamais le trajet de l'aéroport jusqu'à la maison ne me paraissait aussi long, je mourrais d'envie de connaître ce dont ma mère me parlait, d'autant plus qu'il s'agissait de Madeleine et de son père.

En arrivant au village, oncle Abdel emprunta une direction qui ne me semblait pas être celle qui mène à notre maison.

J'ai reconnu la rue, c'est celle qui va vers la villa des parents de Madeleine.

En arrivant à la hauteur de la villa, ma mère me prit par la main jusqu'à la porte d'entrée.

- Voilà mon fils la grande surprise pour laquelle je t'ai fait venir !
- Mais maman, je suis déjà venu avec toi la dernière fois, ce n'est pas une surprise ?
- Si, parce que dorénavant, c'est ta maison, c'est notre maison
- Tu vas me rendre fou, explique maman ?
- Voilà, le père de Madeleine est venu me voir il y a quinze jours.
- Il m'avait demandé de l'accompagner chez le notaire.
- Je l'ai suivi sans savoir de quoi il s'agissait.
- C'est alors que le père de Madeleine me dit :
- Voilà, je vous cède la villa, je dois retourner en France et la laisser inhabitée, je risque de la perdre définitivement.
- Mais monsieur, nous n'avons pas assez d'argent pour vous payer ?

– Vous me donnerez symboliquement le tiers de sa valeur pour valider l'acte de vente devant le notaire et c'est tout.

– L'acte de propriété a été libellé par le notaire nominativement à ton nom.

– C'est pour que tu signes l'acte chez le notaire que je t'ai fait venir.

– Waouh, je rêve !

– Ah, il a ajouté aussi que le fait de nous vendre la villa, ce sera, en quelque sorte, un pied à terre pour eux en cas de nostalgie du village ou ils avaient vécu.

– Tu t'es arrangé comment pour le payer ?

– J'ai fait le tour des cousins et oncles, ils ont tous contribué à réunir la somme nécessaire.

– Mais, je vais être endetté toute ma vie !

– Non, ils disaient que ce serait leur cadeau pour ton futur mariage.

– Mon futur mariage avec qui ?

– Ils ne m'ont pas choisi une épouse, j'espère !

– Mais non, ton oncle Abdel leur avait fait une leçon pour abandonner leurs traditions ancestrales

– comme il l'avait fait pour moi aussi.

– À propos de Madeleine, comment va-t-elle, tu l'as revue ?

– Tu sais mon fils, je m’en veux énormément pour ce que je faisais contre elle.

– Elle s’y fait avec son malheureux handicap ?

– Maman, comment sais-tu pour l’accident de Madeleine ?

– J’ai honte de te le dire mon fils, j’avais intercepté les lettres qu’elle t’envoyait.

– Et c’est comme cela que j’avais appris son accident.

– Elle va mieux maintenant ?

– Oui, ce n’est pas aussi grave, elle a perdu la motricité d’une jambe, mais il y a espoir, qu’elle guérisse un jour.

– Tu sais mon fils, si tu l’épouses, je serai heureuse de vous voir habiter la maison de votre enfance comme naguère.

– Je m’occuperai d’elle tous les jours, la cuisine, le ménage, la promener où elle voudra et je m’occuperais de vos futurs enfants aussi.

– Maman, tu es toujours une mère poule, tu veux que je sois toujours près de toi, n’est-ce pas ?

– Non mon fils, je voudrais m'occuper de ma belle-fille comme personne, car je sais maintenant qu’elle fera ton bonheur.

– Aussi, pour me racheter de tous les déboires que je vous ai causés.

J’ai embrassé ma mère sur son front (en signe de respect) puis :

– Maman, allons dans notre petite vieille maison, j'ai faim !

En cours de chemin, je me dirigeais vers une cabine téléphonique pour annoncer la nouvelle à Madeleine.

– Viens, il y a maintenant le téléphone à la maison, j'ai attendu plus de six mois pour l'avoir enfin.
– Arrivé à la maison, je me suis précipité vers l'appareil téléphonique pour appeler Madeleine
– Madeleine, bonjour, tu vas mieux ?
– Oui, ça va de mieux en mieux.
– Comme promis, tu vas pouvoir me porter sur ton dos, le kinésithérapeute m'a remplacé le fauteuil par une béquille, je gambade !
– Tu peux me rejoindre pour fêter la bonne nouvelle ?
– Quelle bonne nouvelle ?
– Stupéfiant, ton père vient de me vendre la villa du village avec un tiers de son prix !
– Bien oui mon Caramel, je le savais déjà
– Comment ça, le savais-tu, tu ne m'as rien dit ?
– Bien non, je voulais te réserver la surprise !
– Je suppliais mon père de ne la céder qu'à toi ou à tes parents, pour garder nos souvenirs d'enfance.
– Gabriel avait fait de même et ma mère aussi.

– Mon amour, je suis tellement ému que je risque d'en mourir !

– Ah non, je ne veux pas être veuve avant même que tu ne m'épouses.

– Mais, tu oublies que je suis déjà mariée ?

– Taratata, Gabriel m'a tout dit en insistant même que tu seras divorcée bientôt

– Gabriel est un mouchard comme d'habitude !

– Il l'a fait pour une bonne cause

– Tu lui as bien demandé que lui et moi venions à Paris pour déménager tes affaires ?

– Par contre, je n'ai pas compris pourquoi tu lui avais demandé de prendre des habits de change avec nous.

– Eh bien, un déménagement c'est salissant non !

– Quand rentres-tu Caramel ?

– Le plus tôt possible, par crainte que Gabriel ne me licencie avant même de m'avoir embauché.

– Ne t'inquiète pas, je lui tordrai le cou, mais ne tarde pas trop quand même.

– J'arrive !

– Je t'aime follement et pour l'éternité, lui dis-je.

Chapitre XV

Deux jours après, j'étais à Toulon pour commencer le travail chez l'ami Gabriel.

J'ai aussitôt demandé à Gabriel de pouvoir utiliser le téléphone de la société pour appeler Madeleine, pour ne pas faire mauvaise impression dès le premier jour de mon emploi.

En rentrant le soir dans la chambre de Madeleine que je squatte momentanément, j'ai remarqué la présence de deux malles dans un coin de la pièce.

J'avais cru qu'elle était rentrée de Paris.

Fausse alerte, elle avait juste envoyé quelques affaires avec un couple d'amis qui venaient sur Toulon.

Je n'arrêtais pas de demander à Gabriel, quand devons-nous aller à Paris au risque de l'agacer.

Vint le jour attendu, Gabriel était accompagné d'un employé de la société avec une camionnette.

Il lui a demandé de partir avant nous en lui indiquant l'adresse et le chemin le plus pratique pour aller chez Madeleine.

Nous partîmes quelques heures plus tard.

Arrivé dans l'appartement, Madeleine était carrément debout en s'appuyant sur une béquille, elle marchait allègrement se moquant de son handicap, puis comme pour nous narguer :

– Vous voulez que je vous aide à porter les valises ?

Gabriel nous a invité à déjeuner dans le restaurant du coin.

Alors que nous nous dirigions vers l'ascenseur, Madeleine s'écria :

– Je descends par les escaliers pour dompter cette satanée béquille.

Nous sommes tous descendus par les escaliers

En sortant du restaurant, elle s'adressa à Gabriel avec un air complice

– Gabriel, tu nous déposes à la gare ?

– Mais Madeleine, nous repartons avec Gabriel dans sa voiture !

– Non mon Caramel, je n'ai pas confiance en lui, il conduit mal

En observant Gabriel et Madeleine exhibant un air malicieux, je doutais fort qu'il y eût une autre raison.

Effectivement, une fois dans l'appartement, Madeleine me demanda de m'asseoir en face d'elle.

– Mon Caramel, te souviens-tu de notre rêve quand nous étions au bord de la rivière du village ?

– Ah oui ! Sûrement, c'était une promenade d'amoureux en gondole à Venise.

– Alors, on y va ?

- Mais, Madeleine tu es folle, ce n'est pas encore le moment ?
- D'abord, j'ai déjà pris les billets, tu ne pourras plus te disculper
- Et puis que veux-tu dire au juste ?
- Que mon infirmité te gêne, c'est ça ?
- Veux-tu que je te donne un coup de béquille sur ta tête pour te prouver le contraire.

J'avais secrètement un autre souci, payer un dîner au restaurant à Madeleine à Paris, c'était à ma portée, mais pour des dépenses à Venise, il me fallait davantage d'argent.

Je suis allé discrètement voir Gabriel pour lui demander un acompte, il avait déjà anticipé la solution, il me remit une carte bancaire et son code pour pouvoir retirer de l'argent à Venise.

Madeleine faisait montre d'un grand courage, alors que je m'apprêtais à l'aider pour monter les marches du wagon, elle s'opposa par un non catégorique.

Elle slalomait dans le couloir du train jusqu'à rejoindre notre cabine.

Arrivée à nos places, elle avait juste déposé sa béquille, s'asseyait à mes côtés, m'enlaça aussitôt pour de très longs baisers et ce fut ainsi tout au long du trajet vers Venise.

Dans la cabine, il n'y avait qu'une place d'occupée par une jeune dame.

L'air attendri, elle se dirigea vers la porte de la cabine et nous dit :

– Il y a de la place ailleurs, j'y vais.

– J'ai rarement vu une telle ardeur d'amour.

– Fermez donc la porte de la cabine derrière moi et profitez de ce moment intime entre vous.

Madeleine s'allongea sur la banquette, sa tête sur mes genoux, nous nous embrassions par intermittence jusqu'à notre arrivée à Venise.

L'hôtel n'était pas loin de la gare, nous l'avions atteint en un peu de temps.

Après quelques formalités à la réception, nous avions rejoint notre chambre.

Madeleine, se dirigea vers le lit, palpa la souplesse du matelas, se glissa sous la couette et me fit signe de la rejoindre.

Le moment que nous attendions depuis des années est enfin arrivé.

Nos corps se sont lâchés librement avec une intensité telle que nous sommes restés plus de vingt-quatre heures en continu dans notre chambre d'hôtel.

Fort heureusement, il y avait un réfrigérateur rempli de barres de chocolat, des fruits secs et des boissons.

Toute cette période était consacrée au bonheur de notre amour, rien que pour lui, malgré nos estomacs vides qui réclamaient leur dû.

Le lendemain, nous avions prétexté la motricité de Madeleine pour nous faire livrer dans la chambre, le petit-déjeuner et même le dîner, alors que selon les pratiques, il y aurait fallu descendre au restaurant de l'hôtel.

C'était la première fois, depuis notre amour d'adolescence que nos corps se trouvèrent enfin libres et réunis.

D'habitude, les gens venaient visiter les vestiges de la célèbre Venise, quant à nous, nous avions tant de temps à rattraper que nous étions restés plus de temps dans notre chambre d'hôtel.

Les jours suivants, nous avions enfin commencé par l'incontournable promenade en gondole, puis visiter les vestiges traditionnels de la ville en premier, le fameux pont des soupirs puis la place Saint-Marco et le palais des loges.

Le reste du temps, nous avions passé notre temps à nous cajoler jusqu'à notre retour à Toulon.

Nous discutions également des peines subies par notre séparation depuis le départ du pays jusqu'à notre nouvelle rencontre.

La mère de Madeleine avait fait mon éloge à commencer par le douloureux moment ou Madeleine était dans le coma, elle lui disait que j'étais à ses côtés tous les jours à l'hôpital malgré les inepties de sa grand-mère et de sa tante.

Madeleine avait également parlé de son pseudo-mariage avec Olivier.

Olivier était sous l'emprise de la grand-mère matriarcale ainsi que sa mère qui lui ressassaient tous les jours d'épouser sa cousine

Madeleine, car en aucun cas elle ne doit épouser cet indigène qui déshonorerait toute la famille.

Elles le culpabilisaient également au prétexte qu'il était responsable de son handicap et qu'il devait prendre ses responsabilités en l'épousant.

Quant à Madeleine, elle avait consenti au mariage par dépit, car elle n'avait plus de mes nouvelles, pensant que j'avais fait ma vie autrement.

Cependant m'a-t-elle dit, ce mariage était conclu en accord avec Olivier, il était assorti d'une condition mutuellement acceptée à savoir :

Il n'y aura pas de consommation du mariage en attendant de trouver une solution de sa dissolution.

Avec cet accord entre nous, nous avions donc divorcé par consentement mutuel.

Nous voilà revenus à Toulon, Gabriel qui était venu nous chercher à la gare, nous narguait comme à ses habitudes en cours de trajet :

– Il va falloir vous séparer, le juge n'a pas voulu prononcer le divorce entre Madeleine et Olivier.

– Et d'où tiens-tu cette information ?

– À vrai dire, je me suis permis d'ouvrir la lettre de notification du tribunal

– Et pour quelle raison s'il te plaît ?

- Je pensais vous annoncer la notification du divorce et c'est finalement le contraire.
- Tu m'étonnes, maman ne t'aurait jamais permis de faire ça
- Gabriel, mets-toi sur le côté et arrête la voiture

Gabriel obtempéra et une fois la voiture arrêtée, elle prit sa béquille à deux mains et cogna sa tête en lui disant :

- Tiens, tu l'as bien mérité, menteur et en plus jaloux !
- Madeleine, tu as perdu le sens de la plaisanterie ?
- Il y a effectivement une lettre du tribunal, mais ni moi ni notre mère ne l'avions ouverte.
- Désolée pour le coup de béquille aller démarre, j'ai hâte de lire la lettre

Jamais je n'ai vu Madeleine descendre d'une voiture avec autant d'empressement tenant une béquille à la main de surcroît.

Elle embrassa sa mère, s'assit sur le canapé et demanda à sa mère de lui chercher la fameuse lettre.

Elle l'ouvre, puis elle se leva les mains de la victoire en l'air, en criant :

Waouh, je suis libre !

Elle se retourna vers moi, me fit un long baiser qu'elle n'aurait pu faire d'ordinaire en présence de sa mère.

Elle me regarde avec enthousiasme, puis me dit :

– Que dois-tu faire maintenant ?

Je me suis levé en face de la mère en lui faisant une révérence et lui demandais :

– Maman, accepteriez-vous de me donner la main de votre fille ?

La mère s'approcha de moi, m'embrassa et me dit :

– C'est à Madeleine qu'il faut demander, moi, j'étais déjà d'accord depuis fort longtemps.

Je me suis dirigé vers Madeleine :

– Madeleine, voudrais-tu ne pas refuser de m'épouser ?

Elle éclata de rire, me fait le signe de son accord, et me fit un long baiser en y ajoutant :

– C'est une drôle de façon de me demander de t'épouser mon amour !

– Ce n'est pas la demande conventionnelle que tu viens de faire là, dit la mère avec un ton ironique.

Puis elle ajouta :

– Vous pouvez vivre ensemble dès maintenant, car il vous faudra attendre le délai réglementaire entre un divorce et un remariage.

– Allez, préparez-vous les enfants, nous allons fêter l'évènement dans un restaurant.

À peine revenu à la maison, c'est au tour de Gabriel de fêter l'évènement, à sa manière.

Il nous déposa, dans la chambre de Madeleine, une bouteille de champagne dans son seau d'eau.

Chapitre XVI

Le lendemain, j'ai repris le travail avec enthousiasme, en remémorant la nuit que Madeleine et moi avions passée dans sa chambre, avec toutes les photos de notre jeunesse qui témoignaient enfin de la plénitude de notre amour.

Madeleine suit la rééducation de son pied et elle fait d'énormes progrès.

La mère de Madeleine, avec un regard attendri, était au petit soin et nous faisait des gâteries quasiment chaque jour comme jadis enfants.

Un soir en rentrant du travail, Madeleine m'attendait à l'entrée de la maison, elle voulait faire une compétition de marche.

– Je parie que je vais te battre mon amour ?

Mais elle avait une autre nouvelle à m'annoncer qu'elle ne voulait pas faire en présence de sa mère.

La grand-mère nous invite à déjeuner chez elle ; il semblerait qu'elle a compris le ravage qu'elle avait occasionné autour d'elle.

– Désolé, Madeleine, tu iras seule ou avec maman, je n'ai vraiment pas envie de me faire dévorer par ses chiens ou finir au commissariat.

– Rassure-toi, mon amour, je lui ai téléphoné aujourd'hui pour m'excuser de ne pouvoir aller chez elle.

– Mais elle a insisté longuement pour que nous alliions toi, maman et moi.

– Elle regrettait en disant qu'elle ne voudrait pas rompre avec sa fille ni avec sa petite fille.

– Elle reconnaissait son comportement ignoble à ton égard, pensant t'écarter pour le bonheur de sa petite fille, disait-elle.

Nous sommes effectivement allés chez la grand-mère, elle m'a accueilli particulièrement autrement que d'habitude, allant même jusqu'à m'embrasser.

Nous attendions avec impatience les vacances d'été pour nous rendre au pays, entre autres, scruter les lieux de nos souvenirs d'antan.

J'avais déjà fait mon pèlerinage, mais Madeleine en mourait d'envie de le faire aussi.

Le jour venu, j'ai téléphoné à ma mère au pays pour lui annoncer les dates et heures de mon arrivée en compagnie de Madeleine.

Elle était aux anges.

Connaissant ma mère, quand elle manifeste une telle euphorie, il faut s'attendre à tout.

Effectivement, en arrivant à l'aéroport, maman allait en premier à la rencontre de Madeleine, l'enlaça avec une telle émotion que j'en fus presque jaloux, car lorsqu'arrivait mon tour, maman se contenta de me faire une simple bise, sans plus.

En sortant de l'aéroport, c'était toute une armada qui nous attendait, des femmes faisaient des youyous au fur et à mesure que nous approchions vers elles.

Une autre surprise, au moment de repartir, c'était tout un cortège de voitures qui nous attendait dans le parking.

Il y avait au moins une dizaine de voitures décorées comme pour un cortège de mariage, klaxons et youyous tout au long du trajet jusqu'à notre arrivée à la maison.

Ma mère ne cessait de dorloter Madeleine avec une certaine fierté.

Nous nous trouvions enfin dans la villa de nos amours d'adolescents, remplie de nos meilleurs souvenirs.

Comme la tradition le veut, maman nous prépara plus de trois plats différents, particulièrement ceux dont Madeleine et moi raffolions.

Maman était attentive au moindre désir de Madeleine ; elle prenait un grand soin d'elle, surtout depuis qu'elle a remarqué que Madeleine était enceinte.

Epilogue

De l'adolescence à l'âge adulte, leur amour ne cessait de s'intensifier à mesure qu'ils grandissaient.

Un amour indéfectible, des promesses à tenir, malgré un environnement hostile qui s'oppose à leur bonheur.

Ils avaient fait face à toutes les contraintes en usant de tous les subterfuges pour vivre la plénitude de leur amour.

Puis, une redoutable séparation, Madeleine partie en France.

Il se lança à sa recherche désespérément, il la retrouva enfin, à l'hôpital, dans un coma affligeant.

Un mois à son chevet, le jour de son fugitif réveil, c'est le prénom d'un autre homme qu'elle réclama.

D'innombrables embûches, le poids des traditions, la différence socioculturelle et les accidents de la vie qui se dressent sur leur chemin, finissent par les vaincre.

Elle se marie par dépit, lui entame une relation avec une autre fille, par dépit aussi.

Puis vient le jour, ou leur amour force le destin, ils se retrouvèrent enfin pour vivre intensément le bonheur qu'ils se sont promis naguère.

L'auteur :

Sous le pseudo de Massine TACIR ou sous son propre nom, Med Kamel YAHIAOUI, Ecrivain, Essayiste et Editorialiste indépendant nous révèle sa passion d'auteur éclectique grâce à ses œuvres :

- **Maximes et Réflexions contemporaines**, une vision lucide sur le terrorisme, la laïcité, Internet, la sexualité, la drogue et pas moins de 500 maximes et citations dans ce pur style littéraire.

- **Le petit fellagha**, un roman narratif pendant la guerre d'Algérie, où s'entremêlent l'amour, l'amitié, mais aussi la haine et les drames d'une guerre incomprise et dont les séquelles perdurent jusqu'à nos jours.

- **Que se passe-t-il à TOBICOR**, un roman de fiction ou Dieu, la science, les pouvoirs invisibles et l'amour se défient dans des lieux intrigants, du désert de Californie jusqu'au Sahara Algérien.

- **Berbères et Arabes, l'histoire controversée**, l'histoire des célèbres rois et dynasties berbères du grand Maghreb et la controverse identitaire.

- **Madeleine et l'Indigène**, un roman d'un indéfectible amour malgré les innombrables embûches.

Contact auteur : contact@dzwebdata.com

Site web : Dzbiblio.com